NOUVEAUX TRÉSORS DE LA POÉSIE POUR ENFANTS

GEORGES JEAN

Nouveaux trésors
de la poésie pour enfants

ANTHOLOGIE

Direction éditoriale et Postface de Monique Cazeaubon

LE CHERCHE MIDI

© Le cherche midi, 2003.

Introduction

Les poèmes réunis dans cette anthologie ont été écrits à l'usage des enfants par des poètes contemporains.

Ce n'est pas le cas d'autres anthologies visant un public plus large. Mais à la différence d'autres recueils de poèmes pour les enfants dont la puérilité naïve est quelquefois affligeante, cette anthologie-ci a le mérite de présenter des poèmes de qualité poétique incontestable, destinés à toucher la sensibilité des enfants sans bêtifier, abusivement, au risque de faire de ces jeunes lecteurs des « adultes en miniature ».

Les trois pôles proposés avec les thématiques qui s'y rattachent ne sont pas des choix de hasard mais le fruit du travail, sur le terrain, de Monique Cazeaubon qui se souvient qu'elle a été institutrice et connaît, mieux que personne, les enfants et leurs exigences.

Quelques-uns d'entre nous avons contribué à remplacer la notion de « vieille récitation » par celle de « poésie » tout simplement. Mais encore faut-il nuancer ce propos et redonner au mot récitation tout son sens.

Réciter, c'est dire à haute voix. C'est-à-dire sentir et faire sentir que la parole poétique, en plus de ce qu'elle dit, ajoute au sens, même parfois dans son opacité, les sonorités et les rythmes d'une langue qui devient un autre langage, dans lequel écrivait Paul Valéry, « les mots valent autant pour ce qu'ils sont que pour ce qu'ils disent ».

Réciter, c'est également « savoir par cœur ». Le cher Gaston Bachelard nous disait en substance qu'il était essentiel de garder pour soi, en soi, les trésors poétiques, et que ceux qu'on n'avait pas oubliés depuis l'enfance aidaient à vivre et parfois à mourir, comme en témoignent ces déportés, demandant qu'on leur récite pour les aider à mourir, un poème appris par cœur, jadis.

Ce que nous avons tout de même supprimé est le fait de transformer la récitation scolaire en compétition. On ne note pas la récitation d'un poème. On l'offre aux autres et on la garde pour cette récitation intérieure sans laquelle un poème n'existerait pas dans sa plénitude. Monique Cazeaubon dit très bien que la pratique de la poésie pour l'enfant est en substance une véritable « expérience intérieure » selon l'expression de Georges Bataille.

Je me suis aperçu au cours de longues années de réflexion sur le rôle que pouvait jouer la poésie chez l'enfant, qu'elle n'était pas une forme « ornementale » de la langue mais qu'elle avait bien une fonction *vitale* et ne concernait pas seulement l'esprit, la sensibilité, l'imagination, mais le corps tout entier. Dans toutes les cultures et toutes les langues, les comptines font danser, les berceuses endorment et, de nos jours, le rap exprime corporellement, détresses et révoltes de corps méprisés ou souffrants.

Il y a peu, dans l'école publique de mon village, je venais de lire à des enfants de Cours moyen 1re année, le sonnet de Rimbaud, intitulé « Ma Bohème ». Dans ce sonnet qui évoque la nuit passée à la belle étoile par le « piéton aux semelles de vent » qu'était alors Rimbaud jeune adolescent, on trouve le vers suivant :

Mes étoiles au ciel avaient un doux frou-frou

J'ai demandé aux enfants ce que ce vers évoquait pour eux. Une petite fille se leva et me dit « cela veut dire qu'il les touche, les étoiles ». Cette fillette avait pressenti que les fameuses « correspondances baudelairiennes » selon lesquelles « les parfums, les couleurs et les sons se répondent » concernaient bien le corps tout entier et tous les sens, puisque le vers de Rimbaud disait à l'enfant qu'on pouvait « toucher les étoiles ».

De la sorte, on peut affirmer que proposer des poèmes aux enfants est une manière de prendre l'enfance au sérieux. C'est beaucoup plus et surtout autre chose que lui apporter un « supplément d'âme » comme disaient d'anciennes Instructions officielles. C'est contribuer à sa formation par le jeu de la langue en ses divers aspects, en ses pouvoirs de métamorphose, en usant du « stupéfiant image » selon la formule d'André Breton.

Ce n'est pas moi qui définit la poésie comme « une rose inutile et nécessaire » mais un enfant auquel je demandais ce que lui « disait » le mot « poésie ». C'était exprimer en une image saisissante que la poésie ne sert à rien mais que l'on ne peut s'en passer. C'est dès l'enfance que cette passion, où tout l'imaginaire rejoint tout le relationnel d'une forme de langage, prend racine pour « aider la vie ».

Les poèmes de cette anthologie devraient aider enseignants, éducateurs, parents et surtout les enfants à nouer délicatement cette passion, car ce sont des poèmes qui, dans leur diversité, et leurs visées, montrent qu'existe ailleurs que dans les niaiseries, simplettes et accrocheuses de certains poèmes dits « pour enfants », une poésie qui ose s'adresser aux enfants eux-mêmes sans les prendre pour des êtres incapables de vivre la poésie du dedans. On a trop longtemps cru que la poésie « pour enfants » avait pour fonction essentielle d'amuser, de divertir.

Dans l'anthologie qui suit, un juste équilibre me semble avoir été trouvé entre le véritable esprit d'enfance et le respect d'un langage poétique sans concession.

En écrivant ces quelques pages, je prends conscience d'avoir bien occupé ma vie. Les nombreux essais, théoriques, pédagogiques, les divers recueils poétiques, les anthologies que j'ai, dans une sorte d'inlassable ressassement, publiés, ne seraient que peu de chose pour moi, si je n'avais dans le même temps, avec d'autres (certains figurent dans cette anthologie), mené un combat pour montrer que pour les enfants d'aujourd'hui, livrés au virtuel, aux médias, à la violence d'un monde parfois déboussolé malgré les fabuleuses transformations qui surviennent chaque jour, la poésie plus qu'un refuge est, comme disait Machado, « l'impératif de l'essentiel ». J'ai bien souvent redit cette formule et j'ai conscience que la seule poésie ne pourra, à elle seule, « changer la vie ». Mais je suis sûr que sans poésie, l'enfant passera à côté d'une vie totalement assumée dans ses joies, ses douleurs, ses cris, sa révolte et ignorera la beauté « convulsive » ou paisible qui nous aide tant à poursuivre la route.

Puisse donc cette anthologie contribuer à aider les enfants d'aujourd'hui à tirer, comme le dit René Char, « une salve d'avenir ».

Georges JEAN.

I

Découverte du pouvoir des mots

Fantaisies

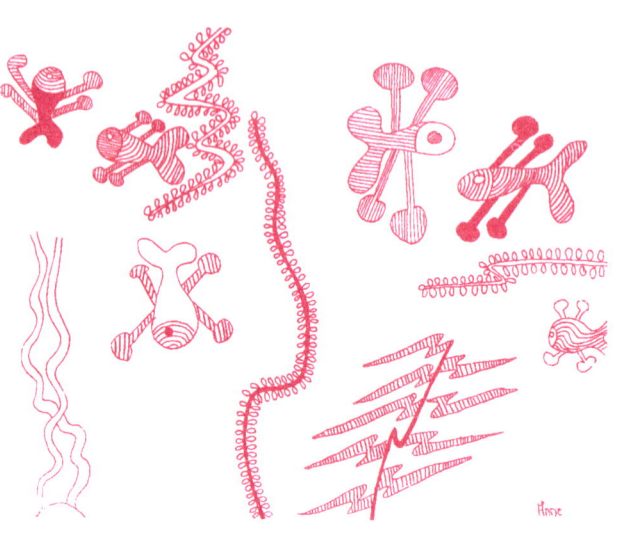

JEAN ROUSSELOT

Chanson du possible

Un oiseau sous la mer
Qui marche à petits pas
Cela ne se peut guère
Cela ne se peut pas

Un marchand de biftèques
Qui les donne pour rien
Cela ne se peut guère
Cela ne se peut point

Un général qui crie
À bas la guerre à bas
Cela ne se peut mie
Cela ne se peut pas

Mais un rat bicycliste
Un poisson angora
Un chat premier ministre
Un pou qui met des bas

Une rose trémière
Qui fait des pieds de nez
Tout ça se peut ma chère
Il suffit d'y penser.

Les cailloux font ce qu'ils peuvent

Si tu vois un escargot en panne, n'interviens pas. Il s'en tirera tout seul. Tu pourrais le vexer. Ou bien – qui sait ? – le rendre malade.

Même conseil en ce qui concerne les étoiles. Si tu en vois une qui n'est pas à sa place sur les étagères du ciel, dis-toi qu'elle doit avoir ses raisons.

Il n'est pas recommandé non plus de pousser la rivière dans le dos pour qu'elle aille plus vite : elle fait son possible.

Ah, j'oubliais : les cailloux font ce qu'ils peuvent, eux aussi, en attendant d'aller dans la bétonneuse. Évite donc de leur donner des coups de pied, même en douce.

JACQUES CHARPENTREAU

Suppositions

Si la Tour Eiffel montait
Moins haut le bout de son nez,
Si l'Arc de Triomphe était
Un peu moins lourd à porter,
Si l'Opéra se pliait,
Si la Seine se roulait,
Si les ponts se dégonflaient,
Si tous les gens se tassaient
Un peu plus dans le métro,
Si l'on retirait des rues
Les guéridons des bistrots,
Les obèses, les ventrus,
Les porteurs de grands chapeaux,
Si l'on ôtait les autos,
Si l'on rasait les barbus,
Si l'on comptait les kilos
À deux cents grammes pas plus,
Si Montmartre se tassait,
Si les trop gros maigrissaient,
Si les tours rapetissaient,
Si le Louvre s'envolait,
Si l'on rentrait les oreilles,
Avec des SI on mettrait
Paris dans une bouteille.

La chance

Si tu caresses le chat
    Et qu'il ronronne,
Si tu effleures le la
    Et qu'il résonne,
Si tu cueilles le jasmin
    Et qu'il embaume,
Si la rose dans ta main
    Est toute arôme,
Si le sable coule et chante
    Entre tes doigts,
Si dans ta main l'eau brillante
    Pleure de joie,
Si ta main s'ouvre sans bruit
    Lorsque tu donnes,
Si dans celle d'un ami
    Ta main frissonne,
Si pour l'eau de la mémoire
    Ta main se creuse,
Tu as la chance d'avoir
    La main heureuse.

Jeux de mots

PAUL VINCENSINI

Tablier de sable
Sablier de table
De tout chiffre le dormeur professionnel
Ne garde que les zéros
Il s'en fait des lunettes
De l'eau
Des bicyclettes

ROBERT GELIS

Le pierrot

    Il se désarticule
      Se désagrège
        Dégringole
        Dégouline
          Soubresaute
           Se répand.
Il se hérisse
 Se dévisse
  Se barbouille
   S'écrabouille
    Se fissure
     S'évapore
      Se dégonfle
Et sa face de plâtre
Vole soudain
En mille éclats de rire

26

Joue-je ?

Jeu de mou
  Pour le félin
Jeu de moues
  Pour le vilain
Jeu de mains
  Pour le filou
Jeu de moins
  Pour rien du tout
Jeu de mors
  Pour le roussin
Jeu de morts
  Pour l'assassin
Jeu de monts
  Pour Tibétains
Jeu-démons
  Pour diablotins

JEAN-CLAUDE RENARD

Qui sait pourquoi
la coccinelle aux cent prunelles
perle les prêles ?
– Ni vous ni moi.

Qui sait pourquoi
la libellule somnambule
brûle son tulle ?
– Ni vous ni moi.

Qui sait pourquoi
la fourmi luit, mi-buis mi-gui,
durant la nuit ?
– Ni vous ni moi.

Qui sait pourquoi
la sauterelle pastourelle
pèle une airelle ?
– Peut-être toi…

La richesse des mots

MADELEINE LE FLOCH

Vert exclusif

La mer
en s'en allant
écrivait sur le sable
un poème

que le vent
jaloux
effaçait.

JEAN RIVET

Les mots

Dans la lucarne, le petit garçon voit un peu du ciel d'hiver. Il ouvre la porte de neige et prend le chemin de la phrase. Le sujet n'est pas mauvais. Le verbe est bien habillé et le complément est encore mystérieux. Oui, sur ce chemin, le petit garçon apprend les mots qui chantent, qui pleurent.

JACQUES CHARPENTREAU

Il y a des façons de dire
    qui font sourire

Il y a des façons de rire
    qui font plaisir

Il y a des façons de lire
    qui font sentir
        à ravir
      le plaisir
      le loisir
      le sourire

À chacun de les découvrir

CHRISTIAN DA SILVA

J'ai toute une maison de mots,
un toit de musique,
à rêver que l'arbre se promène
et saute le ruisseau.

Une maison inhabitable,
où tangue la forêt,
où tanguent les images,
entre midi et ses reflets.

Une maison qui s'appelle décembre
quand il neige,
avril, peut-être,
quand la graine s'étire
et bâille à en germer.

Une maison,
qui, pour une lettre
dévalant le pré,
devient saison,
devient l'été,
et se rendort
à la dernière fenêtre
de l'année.

Une algue a poussé dans le pré,
la mouette est sur l'érable
et la maison se fait voilier.

Dans le feu
s'étire un soleil de vacances,
juste assez
pour que le sable reste au sec.

Un rêve court, un rêve danse,
et c'est la plage dans ma main,
et c'est le blé dorant la neige,
et c'est une île qui revient.

Avec des mots d'eau fraîche,
la chaîne du puits lève l'ancre,
une histoire roule calèche
et c'est toujours dimanche,
        avec les mots,
        avec les mots…

JEAN-DOMINIQUE BURTIN

Voyelle
dans le remous d'aimer

une vague douce

une onde floue
comme un parfum,

son flanc de lin

Ses cheveux où s'effleurent
les doigts de ces pêcheurs,
pêcheurs d'étoiles
et chercheurs d'îles

lunes et dunes mêlées
sur des plages d'écriture
comme des lettres d'amour.

Rêves

JACQUES CHARPENTREAU

La promesse

Viens sur les collines là-bas,
Tu verras les grands chats sauvages
S'envoler des hauts pâturages
Pour retrouver dans les nuages
L'ours de la Reine de Saba.
Là-haut, l'herbe d'or sous tes pas
Jouera comme un harmonica ;
Les grands lys blancs sur ton passage
Te chanteront Alléluia
En ouvrant leurs petites cages.

Viens avec moi et tu verras
Le lac secret de la montagne
Où les poissons bleus accompagnent
La jeune sirène qui gagne
Sa grotte ornée de seringa.
La licorne te remettra
Une branche de mimosa
Cueillie au Château de l'Espagne.
Ce talisman te guidera
Vers l'ardent pays de Cocagne.

Viens sur les monts où l'hortensia
Offre au voyageur sa corbeille,
Sa pâle lueur qu'ensoleille
Le collier d'ambre des abeilles.
Les chamois dansent la polka,
Les oiseaux jouent un opéra,
Éclosent mille nymphéas
Qui pour les îles appareillent.
Viens sur les collines là-bas :
Je te promets monts et merveilles.

JEAN-DOMINIQUE BURTIN

La lune
à la petite cuillère

à force de regarder
le ciel
on voit des printemps
dans un bout de sucre

ma ville

il trempe son regard
dans la buée du matin
près du fleuve bondé
de la fonte des rêves.

CHRISTIAN DA SILVA

Viens courir avec mon poème,
fais-toi un peu cheval, un peu fourmi.
La haie n'est pas trop haute,
de l'autre côté,
c'est encore le pays
que tu dessines
avec des mots oubliés,
comme terre ou écorce.

La saison affûte ses bouleaux,
nous aurons tout un automne
pour endormir nos sèves
et rêver de ce pays lointain
qui se trouve à deux pas.

JEAN-CLAUDE RENARD

Un pinson sur une branche
raconte à qui sait l'entendre
comment même dans la cendre
peut fleurir une pervenche.

Il suffit qu'un doigt de fée
en touche l'ombre et l'enchante
pour que le bleu qu'elle invente
y fasse bonne flambée.

Mais qui croira cette histoire
qu'un chant d'oiseau désensable
si ni légende ni fable
n'habite plus la mémoire ?

MADELEINE LE FLOCH

Vert de lune

Une idée fixe
un soir de carnaval
se déguisa en cerf-
volant
et se laissa
monter
jusqu'à la lune
où elle germa.

Quand vous irez sur
la lune
si vous rencontrez un cerf-
volant
ou une fleur
qui a l'air de venir
d'ailleurs
méfiez-vous !

C'est peut-être
une idée fixe
qui cherche
à redescendre.

JEAN RIVET

Le rêve

Un jour, dit le petit garçon, j'écrirai un poème. Il sera si court et si beau que tout le monde l'apprendra, et le vent, les feuilles, les chemins cachés et la flamme vacillante des bougies.

JEAN ORIZET

L'eau dormante

L'eau dormante ne dort pas ;
Elle rêve, j'en suis sûr,
Car son rêve,
Elle le murmure,
Doucement,
Pour ceux qui comprennent,
Ceux qui aiment
Son frissonnement.
Son rêve est bien apaisant ;
Il lui donne un aspect tranquille
Immobile et changeant ;
L'eau dormante sourit,
Elle est heureuse ;
C'est l'eau rêveuse.

Évasion

CHRISTIAN DA SILVA

Parfois, j'invite un pays lointain
dans mon château d'argile.
Nous échangeons nos vieux habits,
je deviens ce ruisseau
qui court trop vite vers la mer,
tandis que lui, un peu frileux,
écrit, près de mon feu,
de longs récits
que je lirai plus tard.
Il m'apporte des noms et des images
où tout recommence.
Puis, emportant vin et fromage,
il s'en retourne,
avec la dernière hirondelle,
retrouver ces fruits roses
dont le parfum est sous ma langue.

J'aurai peut-être
une maison verte
ce sera l'arbre inhabité,
ce regard vers la mer
où tant d'eau me regarde,
et l'infini des mots
pour l'infini du ciel.

J'aurai peut-être
une autre vague
pour devenir l'île perdue
sous une étoile qui divague.

Arbre veux-tu ? Algue veux-tu ?

MAURICE CARÊME

Liberté

Prenez du soleil
Dans le creux des mains,
Un peu de soleil
Et partez au loin !

Partez dans le vent,
Suivez votre rêve ;
Partez à l'instant,
La jeunesse est brève !

Il est des chemins
Inconnus des hommes,
Il est des chemins
Si aériens !

Ne regrettez pas
Ce que vous quittez.
Regardez, là-bas,
L'horizon briller.

Loin, toujours plus loin,
Partez en chantant.
Le monde appartient
À ceux qui n'ont rien.

La tour Eiffel

Mais oui, je suis une girafe,
M'a raconté la tour Eiffel.
Et si ma tête est dans le ciel,
C'est pour mieux brouter les nuages,
Car ils me rendent éternelle.
Mais j'ai quatre pieds bien assis
Dans une courbe de la Seine.
On ne s'ennuie pas à Paris :
Les femmes, comme des phalènes,
Les hommes, comme des fourmis,
Glissent sans fin entre mes jambes
Et les plus fous, les plus ingambes
Montent et descendent le long
De mon cou comme des frelons.
La nuit, je lèche les étoiles.
Et si l'on m'aperçoit de loin,
C'est que souvent, j'en avale une,
Une sans avoir l'air de rien.

Le dauphin

Être né dauphin serait gai.
On ne ferait que s'amuser,

Bondir de l'eau pour rire au ciel,
Bondir du ciel pour rire à l'eau,

Jouer autour des balancelles,
Se changer parfois en radeau,

Traverser tous les océans,
Tantôt nageant, tantôt dormant,

Connaître par cœur tous les ports,
Le Pôle Sud, le Pôle Nord,

N'avoir pour horizon immense
Qu'une pure circonférence

Qui servirait dès le matin
De superbe cour de vacances

Sans jamais avoir d'autre école
Que les ressacs, les vagues folles,

Sans passer d'autres examens
Que de flâner aux vents marins.

L'horloge

S'en allant à Pampelune
Par un joli soir de lune,

S'en allant à Pampelune,
Une horloge sonna **une**.

En longeant les murs de Dreux,
Cette horloge sonna **deux**.

Passant le gué de Longroy,
Cette horloge sonna **trois**.

Mais, en s'attardant à Chartres,
Cette horloge sonna **quatre**,

Cinq, six, sept, huit, neuf, dix, onze
En admirant les colombes

Descendant comme des flammes
Sur les tours de Notre-Dame.

Et, oubliant Pampelune
Et ses beaux châteaux de lune :

« Qu'allais-je y faire, dit-elle,
Lorsque la France est si belle !

Retournons vite à Paris.
Bonnes gens, il est midi. »

ROBERT GELIS

Liberté

Elle est blonde
Parfois brune
Fille du monde
Sœur de la lune
Ses yeux tombés du ciel
Sont pleins d'étoiles et de miel
C'est un oiseau sauvage
Échappé de sa cage
Une abeille une fleur
Une source un bijou

Mais au bord de ses joues
Une trace de pleur
Abîme sa beauté
Elle se nomme LIBERTÉ

JEAN RIVET

Ailleurs

Dans ce pays, quand le petit garçon cueillait des étoiles, elles saignaient. Les chevaux avaient des ailes et les arbres nageaient dans l'eau du ciel. On cultivait le rêve, on le semait, on le moissonnait et on l'engrangeait; ce qui fait que, lors des « bonnes années », on pouvait manger autant de rêves que l'on voulait. Quand un rêve mourait, on l'enterrait dans des cimetières sans portes et sans tombes.

Dans ce pays, il suffisait de dire bonjour pour que le bonheur existât. Il suffisait de dire soleil pour qu'un soleil naquît.

Le vieux cheval

Le vieux cheval entravé a la tête sur un billot. On va la lui trancher. Dans l'œil qu'on lui voit encore, il y a toutes les prairies du ciel. Le petit garçon arrive et ordonne qu'on lui laisse la vie sauve.

Maintenant, inséparables, crinières au vent, ils courent ensemble devant la mer du Tréport.

CHRISTIAN POSLANIEC

La maison-océan

Avec de l'eau de mer,
de la plage, du vent
et un peu de ciment,
il bâtit sa maison :
la maison de ses rêves.

Depuis, quand la lune se lève
Les cheminées dressent leurs bras vers elle
et les murs suivent les marées :
      En arrière,
      En avant,
      En avant,
      En arrière,
toutes les vitres roses
gonflées comme des ailes.

Et dans la maison-océan
Vivent mille millions d'enfants.

JEAN-DOMINIQUE BURTIN

partir

parce qu'une mouette
inquiète
se porte sur la vague
à l'approche de la plage

partir
tout simplement
parce qu'une lèvre d'écume
se retrousse
sur un lambeau de terre.

II

Découverte de la nature

Notre Terre

CHRISTIAN DA SILVA

Un poème pour la terre
et le blé surgira
comme l'oiseau.

Un poème pour l'arbre,
et la feuille dira
le chant des sèves.

Un poème pour l'eau,
et la lumière
se peuplera de sources.

Un poème pour le chemin,
et le nuage nous apprendra
où se cachent les rêves.

Un poème pour le silence
et le vieux temps des fables
chaussera ses sabots
puisque tout sera dit.

PIERRE MENANTEAU

Ah ! que la terre est belle

– Ah ! que la terre est belle,
Crie une voix là-haut,
Ah ! que la terre est belle
Sous le beau soleil chaud !

– Elle est encor' plus belle,
Bougonne l'escargot,
Elle est encor' plus belle
Quand il tombe de l'eau.

Vue d'en bas, vue d'en haut,
La terre est toujours belle,
Et vive l'hirondelle,
Et vive l'escargot !

CHARLES LE QUINTREC

Sur la chapelle du château

Sur la chapelle du château
Trois pies d'opéra se querellent
Et l'automne aux mèches rebelles
Se traîne et tremble sur les eaux.

Un arbre saute à cloche-pied
Un arbre danse et les oiseaux
Vont se nicher à tire-d'aile
Dans les meurtrières du ciel.

La pluie tombe sur la glycine
Le jour gémit dans les bouleaux
Et la terre qui tourne trop
Cherche le soleil aux longs cils.

Le cosmos

MICHEL LUNEAU

L'attente du soleil

Le soleil
Avait quitté l'été tout rouge de colère.
Le soleil avait boudé l'hiver
Et ne revint pas au printemps.

– Que fait-il ? On l'attend,
Se lamentaient les jeunes pousses.
Il nous faut sortir de la mousse.
– Ne lui serait-il pas arrivé quelque chose
Dirent les roses
Avec effroi.
Nos pétales vont prendre froid.

– Est-ce que je rêve ?
Rageait la sève.
À quoi bon monter,
S'il ne monte pas de son côté !

Je sus le fin mot de l'histoire.
Le soleil n'aimait que sa gloire
Et voulait attendre l'été.

Je dus le ramener à plus de modestie
– Si tu ne te sens pas bien ici
Il y a d'autres galaxies.

On n'avait jamais parlé au soleil sur ce ton
Mais j'eus raison
Car depuis ce temps, à chaque printemps
Il monte
Rouge de honte.

JEAN-DOMINIQUE BURTIN

Au petit jour
ma belle,
il y a le ciel
aux mille et une étoiles

il y a la nuit
comme une plage frileuse
tout près du charme humide
de la bruyère et des ajoncs

au petit jour
il y a la vie
il y a des fleurs
trempées de terre.

ROBERT GELIS

Écoute

Écoute
Le premier cri du jour
Dans son lit de velours
Les soupirs atténués
Du vent dans les nuées
L'haleine parfumée
Des terres embrumées
La rumeur imprécise
Des forêts sous la brise
La vibration limpide
De l'étang qui se ride
Le murmure gercé
De la source blessée
La mélodie secrète
Des rivières discrètes
Écoute
L'orchestre palpitant
De la vie et du temps.

CHARLES LE QUINTREC

La nuit

Le temps d'une bougie
J'allume la prairie

Je commande le bal
Des arbres, des étoiles

Je lance des poulains
Tout fous vers le matin

Je détache la nuit
Qui pleure dans le puits

Je réveille une fée
Dans les ronces du val

Qui m'emmène à l'abri
D'un pommier-paradis.

Le vent du soir

Les oiseaux du crépuscule
Le vent, les chauves-souris
Percent les yeux de la lune
Qui passe par ce pays
Et les étoiles s'amusent
À se clouer sur la nuit.

Ô j'aimerais échapper
Par le caprice du vent
Aux oiseaux de la contrée
Qui trahissent le printemps
Mais dès que la nuit descend
Je retourne à mes effraies.

Les oiseaux du crépuscule
La lune, la mandragore
Mangent les nuages, montent
Du vieux soir jusqu'à l'aurore

Et tout le village en moi
Résonne comme une grange
Quand les oiseaux de l'enfance
Répètent que je suis roi.

PIERRE MENANTEAU

L'enfant du jour

L'enfant de la nuit
Était fait de brume :
On le voit qui fume
Et s'évanouit.

Les métamorphoses
Achevant leur cours
Naît l'enfant du jour
Au milieu des choses.

Et chaque fil bleu
Qui déjà s'élève
Parle moins d'un rêve
Que d'un premier feu.

NORGE

Coup de lune

Voici la soupe qui fume,
On n'invite pas la lune
Et la lune est affamée.

On invite le grand-père,
Les neveux, le cousin Pierre,
Mais la lune est oubliée.

Et la bonne soupe glisse
Dans les sonores délices
Des langues et des gosiers.

Puis, le beau feu qu'on allume !
Dehors, il gèle et la lune
Grelotte que c'est pitié.

Le nez collé aux fenêtres,
Notre lune se sent naître
Une fringale enragée.

D'un seul grand coup de rancune
(Et c'est fort, un coup de lune)
Elle crève la muraille,

Elle entre à toute volée,
Et gobe tant la marmaille
Que les personnes âgées,

La soupière avec la soupe,
Tout le jus, toute la troupe !
… Choisir n'est pas si facile.

Mais sitôt sa faim calmée
Regagnant son domicile,
La lune au noir firmament

Scintille suavement.

JEAN ORIZET

L'ordre et l'ombre

Le soleil absorbe
ma joie,
ma joie absorbe
ma tristesse,
la nuit absorbe
le soleil :
Tout rentre dans l'ordre
et dans l'ombre.

Le temps et les saisons

Gilbert Saint-Pré

LEDA MILEVA

Le parapluie

Noir et poussiéreux,
le brave parapluie
se tient dans son coin
comme un vieux monsieur.
Mais sitôt qu'il pleut,
que les gouttières chantent,
le parapluie s'émeut
et dehors il s'élance !
Courant au-dessus des têtes,
il fait un brin de causette
avec les gouttes de pluie.
Jovial et mutin,
tel un gamin,
il saute, il saute
jusqu'à ce que le ciel
redevienne clair.
Alors le pauvre parapluie,
à nouveau oublié,
se tasse dans son coin.

Il y reste silencieux
pareil à un vieux monsieur.
Mais son cœur

caché dans le manche
est toujours jeune et ardent.
À l'appel de la pluie,
comme un petit garçon,
de nouveau il s'élancera dehors.

JEAN ORIZET

Reflets

Gouttes de pluie,
Flaques de pluie,
Plaques d'ennui
Gouttes de tristesse et de nuit

Double ciel gris
Gris dans le ciel
Gris dans les plaques de pluie,
Cœur gris dans les flaques d'ennui.

KASIMIERA ILLAKOWICZOWNA

Le vent

Pour le vent, le passage est trop étroit.
Il s'accroche à une branche, tu vois…
« Marinette, ce n'est pas une feuille, le vent. »
Elle l'a pris dans ses doigts pourtant,
mais il a bondi, il est parti, le vent.

(Extrait de *Choix de poèmes polonais*,
par Zofia Bobowicz.)

ROBERT GELIS

Quatuor impossible

Printemps
Poète adolescent
Qui fixe aux arbres des rubans
Des colliers des bijoux
Artiste aux doigts riants
Et aux lèvres qui jouent

Été
Jeune homme toujours gai
Qui met aux papillons
Les teintes les plus belles
Qui apprend aux grillons
Des mélodies nouvelles

Automne
Homme amaigri qui abandonne
Au vent fort son haleine
Et aux nues ses couleurs
Aux yeux perclus de peine
De la mort plein le cœur

Hiver
Vieillard blême et pervers

Aux doigts pleins de glaçons
Et crispés sur la faux
Aux dents en hameçon
Avides de sang chaud

Non ! Ce n'est pas demain
Que les quatre saisons
Se tiendront par la main
Dans la même maison

Printemps

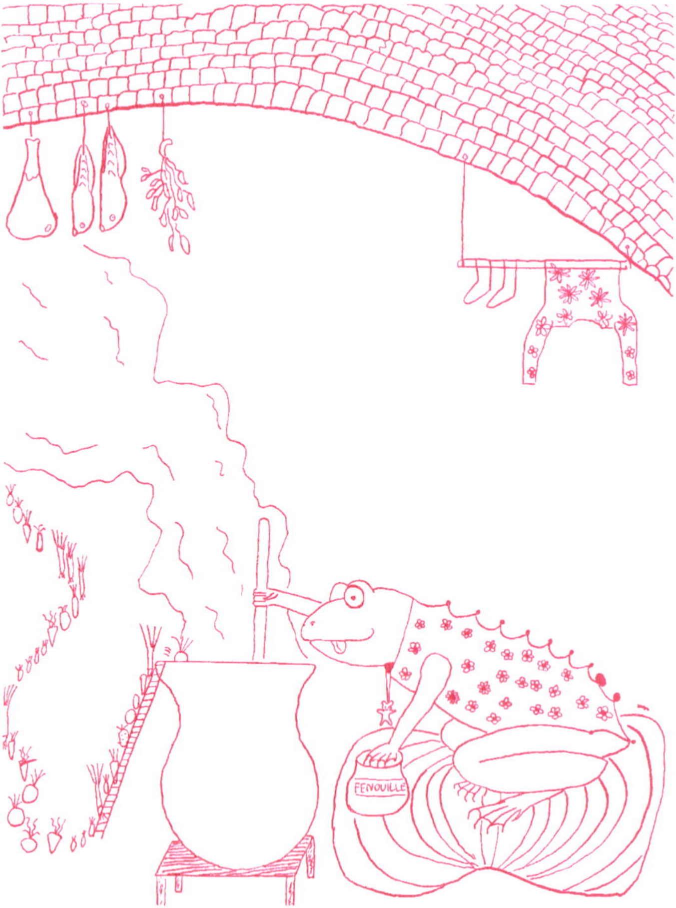
FENOUVILLE

ALICE CLUCHIER

Pluie printanière

Par l'échelle de la treille
L'escargot descend du mur,
Pour grignoter une oseille
Ou quelque baie au goût sur.

Un crapaud, sur une butte,
Respire l'odeur du temps.
J'ouïs sa petite flûte
Qui me dit ce qu'il attend.

Une humidité déferle
Sur l'herbe et sur le plantain ;
La pluie enfile ses perles
Au fil de fer du jardin.

Elle défripe, elle lisse
Une anémone aux longs cils.
Elle lustre la mélisse,
Rafraîchit le cœur d'avril.

Des milliers de bulles dansent
Sur les flaques des sentiers
C'est une ancienne cadence
Qui fait rêver d'abondance
Les bourgeons de nos halliers.

LEDA MILEVA

L'espiègle vent

Le vent se perche sur un cerisier
et commence à se balancer.
« Holà ! crie le cerisier,
Tu n'es pas fou ?
J'ai travaillé jour et nuit pour me faire
cette robe de blanches fleurs ! »
Mais l'espiègle vent
se balance toujours.
« Regarde ! dit-il,
tu as perdu
toutes tes petites fleurs blanches,
en revanche tu as des milliers
de petites cerises vertes ! »
Le vieux cerisier ne veut plus l'écouter.
Aussi le vent va-t-il se balancer aux branches d'un
[poirier.

Alors les petites cerises
se tournent vers le soleil.
Il leur sourit
et elles en rougissent de joie.
Le vieux cerisier
est maintenant très heureux,

mais le vent n'est plus là :
il se balance
aux branches d'un prunier.

PIERRE MENANTEAU

La première fleur de l'amandier

*À Marguerite et Émile Feuillatre
pour Sylvie*

Il y avait un amandier
Qui sur le seuil de février

Croyait entendre par instants
Quelques légers bourdonnements.

– Merci, lui disent les abeilles,
C'est toi le premier qui t'éveilles.

– Je serais seul à bourdonner ?
Il éveille alors le verger,

Il éveille les papillons,
Il éveille aussi les bourdons.

Il éveille enfin le poète
Qui sent bourdonner dans sa tête

Au-delà de cet amandier
Tous les vergers de février.

KASIMIERA ILLAKOWICZOWNA

Le printemps

Dans la ruche – comme ça bouge !
Les cerisiers sont en fleur – comme ça rosit dans
[l'air !
Dans le parc le vent fait le fou,
devant une pivoine tombe à genoux –
pose un baiser
sur ses petits poings fermés.

Été

JEAN ORIZET

Le roi des moucherons

pour Juliette et Anne

Ce roi des moucherons nourri de vent
aimait en secret la prairie.

Fenaison faite, il la vit nue
et sut la caresser de ses loques
rompant ainsi le sortilège.

Devenu ramier lumineux
il refait la carte du ciel
et rend chaque été pur à son amante.

CHRISTIAN DA SILVA

L'été se démode
mais l'herbe m'est fidèle
et devine que je suis,
comme son vieux cheval,
installé dans sa verdure.

Le vent hennit
sur une peau d'automne,
la vigne prépare
ses pots de vin.

La chanson sera fraîche,
une fougère me l'a dit.

Automne

MICHEL LUNEAU

Une hirondelle en automne

Une hirondelle, en automne,
Croyait qu'elle faisait le printemps.
Elle attend,
Elle s'étonne
Des couleurs si monotones,
Du mauvais temps,
Et de ne rencontrer personne
Que le vent…
Qui, soudain, la désarçonne
Et la jette en avant
Dans la rivière qui moutonne.

Depuis ce temps
Les hirondelles, qui n'aimaient pas l'automne,
Ne croient même plus au printemps.

JEAN ORIZET

Timide Octobre

Timide Octobre, fais-moi place !
je veux dire le silence roux des vignobles
que les pies, même, respectent,
l'élégance des jeunes chênes
où les mésanges tiennent conseil
et la crécelle des chardons secs ivres de vent.

Voici que des légions de faucheux
assaillent les jardins qui brillent.
Voici que l'écureuil engrange pour l'hiver.

Sur le bord du chemin, les dalles déférentes
saluent l'approche de la nuit
de leurs coquilles millénaires.

Notre calendrier n'est qu'un mauvais repère.
S'installe la véritable saison.

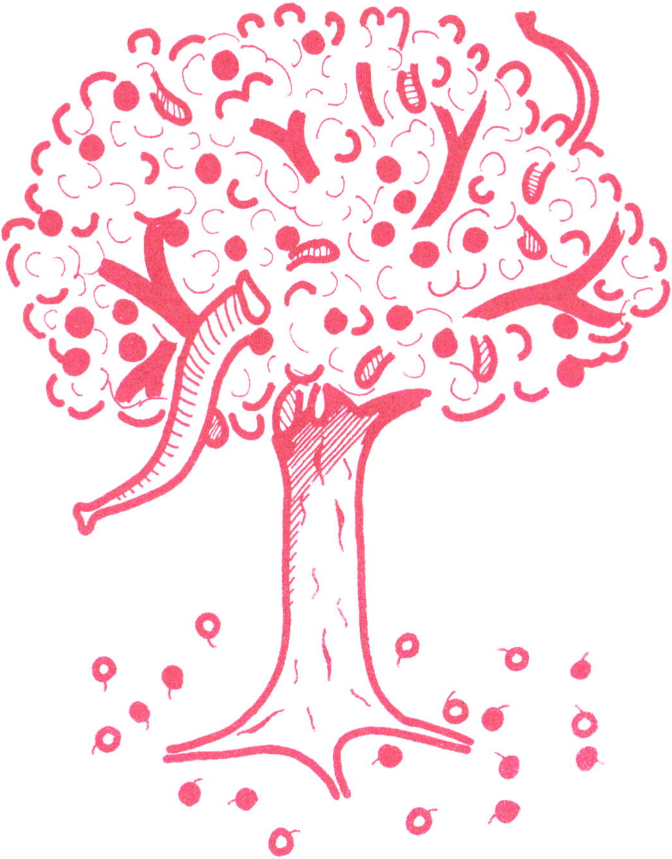

Novembre oublie ses grappes

Novembre oublie ses grappes sur la terre prête au
[sommeil.
Bonne la vendange et clair le vin.

Chaque soir, l'homme caresse le flanc de
ses doux monstres à la richesse murmurante.
– L'hiver, pense-t-il, serait simple à franchir
s'il ne semait, de calcaire en silex,
les claquements de sa patiente dislocation –,

Et chaque matin, parce que des millions d'années
lui ont peut-être enseigné la prudence,
l'homme attend que la brume se lève
avant de s'empoigner avec le jour.

CHRISTIAN DA SILVA

Octobre
enroule ses brouillards.

La maison
s'est mise en boule
auprès du feu.

La chienne dort,
        rousseur de flammes,
        rousseur de poil.

Le temps bâille
et relève son col.

Silence.

JACQUES CANUT

Ce vol de feuilles
                mortes
qui détale à ras de plaine
s'engouffre dans la cour
                d'une ferme
comme un peloton
de poules rousses
                affamées

Hiver

CHARLES LE QUINTREC

Autrefois

Dans le fleuve les lavandières
Tordaient un linge courroucé
Par un maigre matin d'hiver
J'avais froid à les regarder.

Des corbeaux sur la plaine blanche
Faisaient l'hiver plus tourmenté
La pie aux présages fêlés
Passait au fusain les dimanches.

Nous allions ramasser du lierre
Pour les chevaux des étrangers
Un silence d'herbe chaulée
Signait le mutisme des pierres.

JEAN ORIZET

L'or sous le givre

Grise et blanche
une froide alchimie nocturne
brise l'instant

Au matin
c'est le couperet du soleil
qui tranche

Une pie cherche l'or
sous le givre
de la branche

Haute ponctuation du silence

Sur la neige émiettée de rouges-gorges
les sapins, haute ponctuation du silence,
supportent presque tout le poids de l'hiver.

Leurs branches savent retenir le soleil
ou tisser une trame de bise
pour quelque vêtement solennel
dont l'homme aime à se parer
quand il veut bannir ses phantasmes
aux grandes soldes des saisons.

GABRIEL COUSIN

Chant des derniers flocons de neige

Le froid se colore
Le soleil met son cœur à jour
Sur les flancs des Alpes
Les arbres montent et la neige recule

Les nuages passent
Les derniers flocons n'ont plus de joie à tomber
Ils meurent très vite
Les sommets dressent leurs têtes

Les Alpes étincellent
Le printemps agite ses grelots
Le soleil mêle ses cheveux aux flocons blancs
Le pays regarde le printemps

Fleurs et légumes

JEAN ROUSSELOT

Une nouvelle fleur

Va-t'en tu m'embêtes
Dit le liseron
Au papillon perché sur sa clochette

Liseron t'es bête
Dit le papillon
Vois plutôt comme mes couleurs
S'accordent bien à ta blancheur
À nous deux ne sommes-nous point
La merveille de ce jardin ?
Je me repose et tu y gagnes.

Le liseron dit oui et s'en trouve très bien :
Venu pour l'arracher le jardinier l'épargne
Et s'en va le menteur
Se dire l'inventeur
D'une nouvelle fleur.

GILBERT SAINT-PRÉ

Les perles de rose

Si tu veux inventer un collier,
Tiens, voici comment procéder.
De bon matin, te réveiller,
Dans les rosiers, te promener.

Tu verras des perles de rosée,
Sur les roses elles sont accrochées.
Une bonne poignée tu cueilleras,
Dans une boîte tu les rangeras.

Un cheveu d'or pour les assembler,
Un tout petit nœud pas trop serré,
Ainsi tu auras un joli collier,
Aussi souple que celui d'une fée.

NORGE

La plus belle

Je suis la plus belle des roses,
Chantait une rose à ses sœurs.
– Sache garder tes lèvres closes,
Conseillait-on avec douceur,

On ne te cherche point querelle,
Mais sois plus modeste, font-elles.
Et voilà qu'au matin nouveau,
La belle crie encore plus haut.

Denise, qui par là se trouve,
Entend l'orgueilleuse clameur
« C'est vrai ! » dit-elle et le lui prouve
D'un joli coup de sécateur.

KASIMIERA ILLAKOWICZOWNA

Fleur d'acacia

Si j'étais, moi, une fleur d'acacia
je ne resterais pas tranquille là
où je serais tombée.
D'un grand cercle blanc
je répandrais
très loin, très près
mon parfum comme une fumée.

MADELEINE LE FLOCH

Vertige

au détriment de sa corolle de ses feuilles
tige et de son
sur sa une teint
elle se haussait fleur j'irai
le soleil dans le soleil
atteindre voulait se répétait
J la fleur
u
s
q
u
'
a
u

j
o
u
r

o
ù

l
e

v
e
n
t

l
u
i

f
i
t
perdre la tête

CHARLES DOBZYNSKI

La salade

La salade qu'arrosa
dès l'aurore la rosée,
avait la crinière en pleurs.
Elle alla chez le coiffeur,
exigeant que l'on frisât
sa chevelure irisée.

Quoi faire chez le coiffeur
En attendant que vînt l'heure
du shampooing et des rouleaux,
la salade se cala
dans un fauteuil à roulettes.

Or voilà qu'on lui prend la tête
pour la mettre dans un grand plat.
On lui tortille les bouclettes,
On la frotte, on la dorlote,
avec un brin d'échalote
et beaucoup de vinaigrette.

La tomate

Trop timide, la tomate
    devient écarlate
quand on lui dit qu'elle est belle.
    Un rien l'épate,
elle se dresse sur ses pattes
pour imiter les hirondelles.
Elle rêve d'avoir des ailes,
    s'arrondit, se gratte,
se gonfle d'eau, se dilate,
mais à chaque fois ça rate :
aucune plume ne pousse
à son épaule tendre et douce.
    La tomate échec et mat,
    se résigne, s'acclimate,
    mais sous son air ombrageux,
puisque le ciel est paradis perdu,
    elle mijote dans son jus
        d'aromates,
un songe rouge et nuageux.

Les arbres

PAUL VINCENSINI

Ces arbres

De quels oiseaux
Ces arbres sont-ils muets
Désemparés par quelle absence

CHRISTIAN POSLANIEC

Mon arbre à moi

Lorsque je le caresse
Mon arbre apprivoisé
    Se dresse
Sur la pointe des feuilles
    dans le vent.

Alors moi je lui cueille
un bouquet d'oiseaux blancs
et il remue la tête,
    heureux
    en souriant
d'un grand rire d'écorce
pour me faire la fête.

CHARLES LE QUINTREC

Le vert de la forêt

Le vert de la forêt délivre un homme vert
Le vert de la forêt n'est pas une couleur
Le vert de la forêt mène aux métamorphoses
D'arbre en arbre il y a des métairies, des bourgs,
Des châteaux enchâssés dans l'eau d'une améthyste
Des villes englouties à l'usage des foules
Des signes sont donnés à des peuples entiers
Le vert de la forêt conduit aux carrefours
Où l'homme s'entretient du futur au passé
Le vert de la forêt ouvre une clairière
Où devisent les preux, les saints et les héros
Le vert de la forêt était un autre vert
Quand nous vîmes venir la saison des oiseaux.

CHRISTIAN DA SILVA

La parole est aux arbres,
ils sont encore nos poumons
et partagent l'espace
où jardine l'oiseau.

La parole est aux sources,
elles sont encore notre peau,
un peu de ce murmure
où navigue l'enfance.

Et parole à la pierre
qui fut notre maison,
apprivoisant l'été
pour réchauffer sa nuit.

Ces trois nous gardent vie
et nous donnent pouvoir
de sauver nos racines.

JEAN RIVET

Forêt d'Eu

Quand, dans le plein hiver, le petit garçon prenait le chemin de la forêt, il entendait les hêtres gémir et le vent du Nord raconter l'histoire des villages traversés.

Mais il n'oubliait pas pour autant que, dans le passé, il y avait vu le vol d'automne des pigeons ramiers, le chevreuil fuyant, le lièvre effrayé, le lapin effronté, le renard se couler dans le taillis, la buse tourner, le coucou passer, le pic tambouriner.

Et le petit garçon poursuivait son chemin, car la véritable aventure ne commençait que dans les rangs serrés des sapins où, même dans le grand été, le jour ne parvenait jamais.

GABRIEL COUSIN

L'arbre

Un arbre est mon voisin. Là, devant moi, il regarde par ma fenêtre.

Il frémit sous le vent comme des vagues et les crêtes de ses feuilles renvoient l'écume de la lumière. Dans les tempêtes passe le ressac des galets.

>Debout comme un homme
>Puissant comme la montagne
>Vivant comme une bête
>Sa sève circule avec mon sang.

Selon les saisons, squelette noir, sculpture de cuivre, odorante fraîcheur verte, douce peau bourgeonnante.

Et sous mes pieds son invisible chevelure souterraine se nourrissant de la terre.

Nous nous regardons et respirons ensemble.

La mer

CHARLES LE QUINTREC

Le chant

Le chant monte à la mer
avec les souvenirs

Nous avons eu de beaux jours et du ciel bleu
Nous avons dansé sur les dunes
et joué sous les vagues à capturer des hippocampes

Notre jeunesse a grandi
nous sommes devenus grands
nous sommes devenus jeunes

Nous avons revêtu la jeunesse des astres.

Le chant monte à la mer
à l'heure du jusant.
Le monde veut jouer comme l'enfant des foires
Le monde fait de l'or en frottant ses cailloux
Le monde n'est pas mort
Ses rêves sont debout.

Le chant monte à la mer
qui le sème à tous vents
Le monde est plus heureux
depuis qu'il n'est plus temps.

Tempête

Comme des chevaux fous
Aux yeux exorbités
Galopent les étoiles
Par grand vent de bruyère
La mer n'est pas si loin
Qu'on ne l'entende rire
Elle range ses baies
Au gré des portulans
Elle aligne ses criques
Et ne trompe personne
Il suffit d'un navire
Pour l'aller visiter
Et trouver à leurs places
Les songes qui sont nés
De ses vieilles audaces.

CHRISTIAN DA SILVA

L'algue

Elle qui sait danser
dit à la mer
que sa vague est trop forte.

Elle qui vient des sables
porte en mémoire
des châteaux très anciens.

Elle, la nuit,
reconnaît les étoiles
et les caresse de ses doigts.

Aile devient
sa longue main d'eau verte
et fait oiseau
le poisson bleu des fonds.

Elle qui sait danser
s'arrachera aux sables
pour s'enivrer d'écume
et mourir au matin.

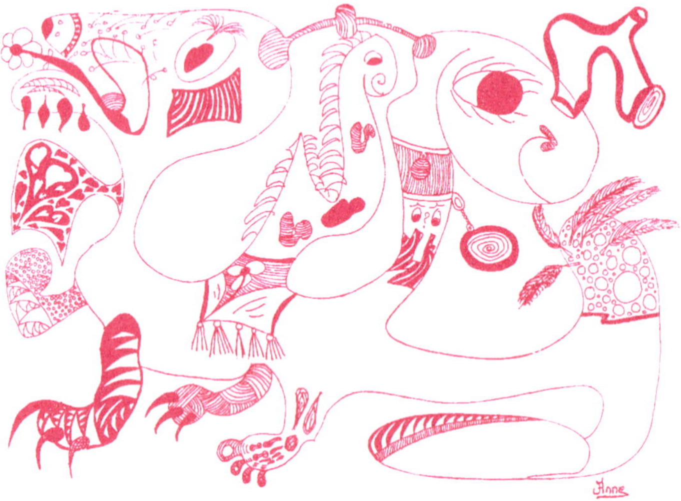
Anne

La nuit, nous ne savons plus
si la mer est bleue ou verte,
si les algues ont froid ou chaud
dans leur maison de silence.

La nuit, nous savons seulement,
la respiration des vagues,
le sable devenu frais, comme au désert
et le ciel pareil à celui des savanes.

La nuit, nous ne saurons jamais,
le murmure des épaves
pour une étoile pressée,
quand, au-delà des dunes,
le grand forgeron déchaîne ses comètes,
quand, au-delà du temps et des eaux,
la terre s'arrondit
pour deviner le jour.

JEAN-DOMINIQUE BURTIN

Écoute…
une volière de voix d'enfants
Écoute…
sa sauvage robe blanche
qui se rince sur les pierres
Écoute, près de la mer
les harmoniques du large,
laisse-toi emporter
la démesure se démène.

JEAN ORIZET

Les galets

   Il ne suffisait plus de savoir compter les galets :
il fallait connaître leur place exacte.

   Où est la place exacte d'un galet ?
Au creux de la main comme une bête.

Galets

Loin dans l'île, une crique aux galets éclatants. Sur quelques mètres de large, avant la mousse et l'algue : des milliers de chefs-d'œuvre.

Leurs formes, leurs tailles, sont proches – la houle les ayant calibrés – Mais chacun, par le tracé de ses couleurs, de ses veines, la structure polie de ses lignes, de ses filons, compose un dessin précis né de l'eau, de la pierre et du temps.

Ocres légers, bruns chauds, rouges sombres, verts profonds, violets, mauves, blancs, noirs, racontent leur histoire en messages chiffrés. Histoire inséparable de celle, plus lisible, que traversent, en un après-midi, ces grappes de raisin salé, fruits d'un sol qui en est avare, ces étraves aux teintes vives assurant à l'Égée ses plus précieux reflets, et aux hommes, poissons, trésors, gloire ou sagesse.

MADELEINE LE FLOCH

Vert bouteille

Une bouteille à la mer contenait un message.

La bouteille avait le mal de mer.

– Voilà des mois que je navigue, soupirait-elle, moi qui n'ai pas le pied marin. Ah! retrouver la terre ferme! Ah! qui me délivrera de ce message!

Mais les bateaux n'avaient pas le temps et les poissons, méfiants, ne voulaient pas se compromettre.

– Un message?
Comme c'est amusant!
dit une sirène qui prenait le
frais sur un rocher.

Elle prit le message, s'en fit un éventail et rejeta la bouteille à la mer.

III

Les animaux

Les oiseaux

PIERRE MENANTEAU

La boîte aux lettres

Jamais le facteur ne s'arrête
– Sauf quelquefois pour un journal –
À la hauteur de ce portail
Où s'accroche une boîte aux lettres.

Or, ce matin – un samedi –
La boîte s'ouvre sur un nid,
Sur le bec jaune des petits,
Sur l'entonnoir de leur gosier ;

Deux mésanges viennent d'écrire
Et c'est sur la pointe du pied
Que le vieux couple pourra lire
Les sept lettres de son courrier.

Pintades

À quatre plumes bien tirées
Ces pensionnaires, ces geishas,
S'en vont marchant à petits pas.
Au moindre bruit effarouchées

Elles poussent des cris perçants
Qui ne plaisent guère à l'oreille,
Mais l'œil admire la merveille
De leur kimono noir et blanc.

CHRISTIAN DA SILVA

Mouettes

Des ciseaux blancs,
sur papier bleu,
des oiseaux lents,
été heureux.

Un rêve blanc
poursuit la mer,
et un enfant
crée la lumière.

Un oiseau blanc
met à la voile,
et l'océan
s'emplit d'étoiles
qui vont s'ouvrir
aux doigts d'écume,
qui vont doucir
à coups de plume
le métal vert
au dos mouvant.

JEAN ORIZET

Les oiseaux bavards

Ce matin, les oiseaux bavards
    lève-tôt, couche-tard,
ont éveillé les dormeurs
blottis dans leurs draps tièdes

Ce matin, les oiseaux bavards
ont fait s'envoler le brouillard

Le soleil, lui, n'a pas eu peur
de leurs pépiements de concierge
aussi, redoublant de chaleur,
brille-t-il plus que mille cierges

Ce matin, les oiseaux bavards
    couche-tôt, lève-tard
du froid, ont sonné le départ.

LUC BÉRIMONT

Les oiseaux et les enfants
Sont la braise du levant
Dès le premier rayon blanc
Qui filtre au bas de la nuit
Ils prennent feu dans leur rire
Craquent comme l'incendie
Comme le bois vert qui cuit
Ils avivent les feuillages
Dans les têtes de passage
Font tanguer les bons usages
Sous l'ombrage indifférent.

Les oiseaux et les enfants
S'enflamment comme le vent
Chantent dans les corridors
De la forêt de la mort,
Ils s'entendent à merveille
Dans les rébus du sommeil
Ils détressent fil à fil
Un visage et son profil
Les moulins d'ainsi-soit-il.

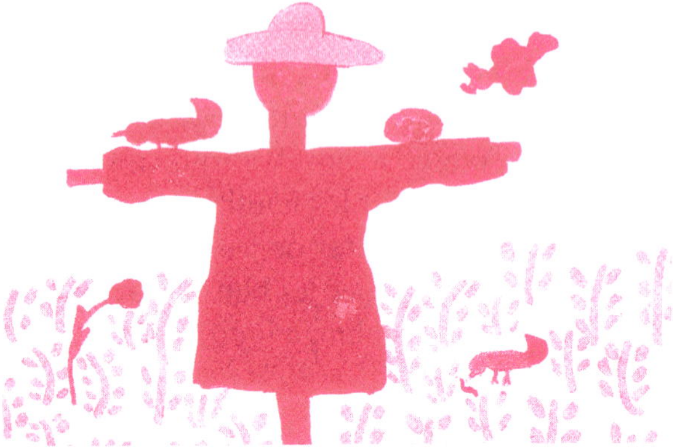

Je dirai que l'hirondelle
est comme un maître d'hôtel :
– veste noire et plastron blanc
nœud papillon par-devant.

Je dirai que la mésange
a fait son nid dans la grange :
quand elle entrevoit le chat
elle crie comme un casse-noix.

Je dirai que le pinson
est tout gris, tout maigrichon :
– comment peut-on bien chanter
avec un si fin gosier ?

Je dirai que le coucou
ce pirate, ce filou
pond chez les autres oiseaux
pendant qu'ils jouent au loto

Et, ce qui est plus troublant
Qu'il perd aussi ses enfants
– Il oublie de les reprendre
Même quand il gèle à pierre fendre

MICHEL LUNEAU

Ablutions

La tourterelle fait sa toilette
Sans serviette
Sans fard
Sans brosse à dents.

Elle choisit un nénuphar
À la forme de cuvette
S'ébroue dedans,
Puis se lisse les plumes
Pour éviter le rhume.

Et la voilà sur la branche,
Toute guillerette
Et qui chante à tue-tête
Dans son habit de dimanche.

À vol d'oiseau

Où va-t-il, l'oiseau sur la mer ?
Il vole, il vole…
A-t-il au moins une boussole

Si un coup de vent
Lui rabat les ailes,
Il tombera dans l'eau
Et ne sait pas nager.

Et que va-t-il manger ?
Et si ses forces l'abandonnent,
Qui le secourra ? Personne.

Pourvu qu'il aperçoive à temps
Une petite crique !
C'est tellement loin, l'Amérique…

La pompe et les mésanges

Ma pompe
A eu le coup de pompe.
Agitez-lui le bras,
Il retombera.

Elle ne donne plus d'eau.
Elle n'est ivre
Que de son cuivre.
Mais elle est tellement jolie
Que je pardonne sa folie,
Et pour mieux la protéger
J'ai fait fleurir un églantier.

Depuis,
C'est étrange,
Il n'y a plus de puits,
Mais des mésanges
Qui font leur nid.

JEAN-DOMINIQUE BURTIN

Dans l'abricotier
de tes doigts

il y a l'enfance
il y a les pleins
et les déliés
de toutes les hirondelles

les cerises du soleil
au bec des oiseaux-mouches.

MADELEINE LE FLOCH

Oiseau vert

Il était une fois
un oiseau
que l'on avait
enfermé
dans une cage.

Du matin au soir
il criait :
que je suis malheureux !
Ah ! que je suis donc
malheureux !

Comme il chante bien
disait la petite fille.

D'autres animaux

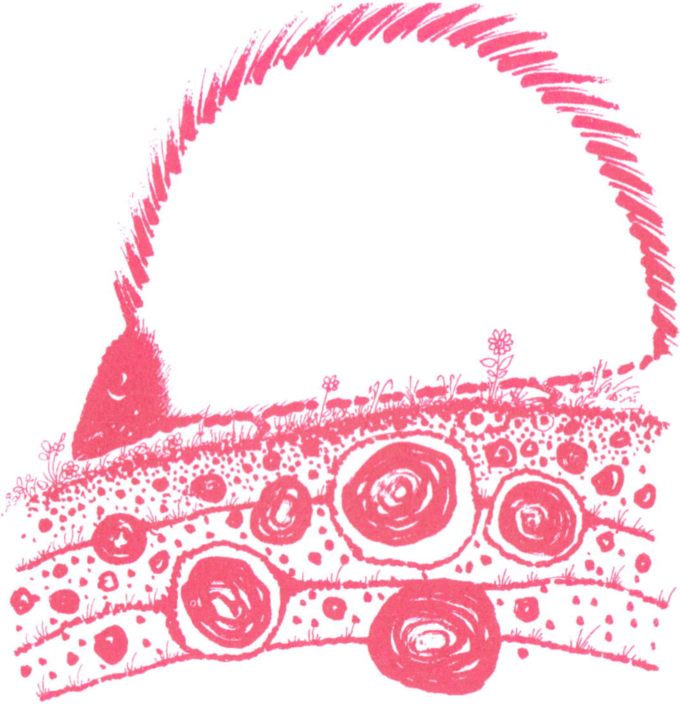

MAURICE CARÊME

Petites vies

Broyez-la… ce n'est qu'une guêpe.
Cueillez-le… ce n'est qu'un muguet.
Encagez-le… ce n'est qu'un merle.
Tuez-le… ce n'est qu'un orvet.

Savez-vous la raison profonde
De ces petites vies
Et de quel poids est pour le monde
L'injuste mort d'une fourmi ?

Les flamants

Une patte repliée
Sous leurs plumes qui se figent,
Les hauts flamants rassemblés
S'efforcent de ressembler
À des roses sur leur tige.

Vit-on jamais dans le vent
Rosier plus vibrant de roses
Que ce bouquet de flamants roses,
Ce bouquet que le lac pose
Au pied du soleil levant ?

Et, quand le bouquet s'effeuille,
Qui peut encore distinguer,
De ce nuage rosé
Que la brise cueille,
Le flamant rose envolé ?

La panthère

Quel plaisir elle a, la lumière,
De peindre ainsi une panthère !

De la peindre et repeindre ainsi
Tant le pelage en est joli,

Puis de mettre en ses yeux de l'or,
De l'or cruel, de l'or encor

Et de la suivre, la panthère,
En jouant sur sa peau princière,

En roulant selon sa démarche
Comme une barque sous une arche,

Et enfin de se reposer,
Le pinceau brusquement brisé

Par les barreaux qui lui dessinent
Un grillage sur la poitrine.

ROBERT GELIS

Bzzzzzz…

Dans le ciel au hasard
L'abeille tourne en rond
A-t-elle le cafard ?
A-t-elle le bourdon ?

Non ! L'abeille a perdu
Le doux miel de sa bouche
Elle ne le trouve plus
Et elle a pris la mouche…

JEAN ROUSSELOT

Un peu d'astuce

J'en ai assez d'avoir des chiens
Disait la puce en se grattant
Les bras les flancs les mandibules
Il faudrait que je prenne un bain
Pour noyer ces animalcules

La voilà qui plonge en l'étang
Mais ne sachant ni crawl ni brasse
Tout de suite elle boit la tasse
Tandis que chiens s'en vont nageant
De nymphéas en renoncules

Quand à grand-peine elle est sauvée
Elle jure de se venger
Vous savez maintenant pourquoi
Ce sont les chiens qui ont des puces
Il suffisait d'un peu d'astuce.

La vérité, enfin,
sur la chèvre de Monsieur Seguin

La petite chèvre
De Monsieur Seguin
Ne fut pas mangée
Au petit matin

Elle se battit
Si gaillardement
Qu'à la fin le loup
Alla s'essoufflant

Arrêtons petite
Lui dit le coquin
C'était pour rire
Serrons-nous la main

Ainsi firent-ils
Et se retirèrent
Pour aller chacun
Dans sa chacunière

Bien sûr la biquette
Fut mise au piquet

A-t-on jamais vu
Chèvre découcher ?

Mais pour sa vaillance
On l'en retira
Je crois savoir même
Qu'on la décora

Si j'en ai menti
Je veux bien copier
Dix fois la nouvelle
De Monsieur Daudet.

NORGE

Un asticot farouche

Cet asticot prospère
    Au fond de sa noisette
A mauvais caractère,
    Détestant qu'on repère
Sa bicoque secrète.

    Il ne supporte guère
Visite ou courant d'air.
    Avec soin, il rebouche
La petite ouverture
    De sa chambre farouche.

Un promeneur gourmand
    Passe par aventure,
Voit ce fruit bien-portant
    Qui lui fait la risette
Et brisant en glouton
    La coquette maison
Sans voir un ver dedans,
    Croque en deux coups de dents
Asticot et noisette.

PIERRE BÉARN

Le lapin pauvre

Un lapin pauvrement vêtu
d'une pelisse de poils gris
rêvait d'un manteau de fourrure.

Il se frottait avec envie
contre la mousse en mantelets
qui cerclait l'envolée des arbres.
Il se roulait dans le gazon,
offrait son ventre à la fuitée
des fleurs essaimées des pommiers.

Il fréquentait la pluie prodigue
fuyait le soleil conquérant…

Au terrier pourtant le miracle
l'attendait depuis fort longtemps
en la personne d'un renard
offrant fourrure de sa queue
et des crocs finisseurs de rêve.

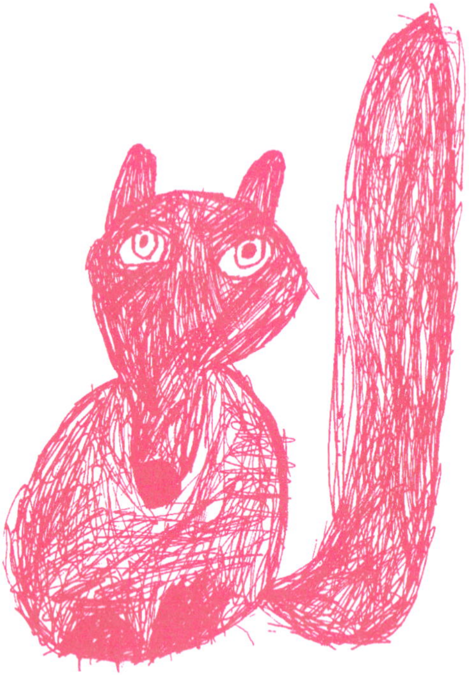

Ces messieurs chats

Un chat persan de race altière
contemplait d'un œil méprisant
le poil ras d'un chat de gouttière.

Agacé par ce chambellan :
« tu confonds perruque et crinière ! »
dit d'un accent de mousquetaire
au Persan le chat de gouttière.

Tous deux devenaient insolents.
Poils de gouttière ou poils persans ?
Mais un chien-loup de poils vulgaires
les réduisit en chats courants.

Les araignées et les dictons

Araignée du matin : chagrin
pensait un bébé coccinelle
cherchant à libérer ses ailes.

Araignée du midi : souci
grognait un rat dans son chagrin
de voir un chat près de sa belle.

Araignée du soir : espoir,
disait au briquet l'étincelle
mourant dans le vent du jardin.

Mais l'araignée dans sa nacelle
prisonnière à vie de sa faim
rêvait qu'elle était hirondelle.

Une gazelle du Hoggar

Une gazelle du Hoggar
aperçut un jour une bête
noire et trapue, puissante et fol
et qui courait vers elle…

– L'affreux monstre ! dit la gazelle
en s'enfuyant d'un joli bond.

Mais la bête était une jeep
qui prit en chasse la gazelle
pour en faire un moelleux tapis
pour un lévrier de Paris.

Le crabe amoureux

Un crabe aimait une méduse
que l'éloquence du lourdaud
rendit bientôt toute confuse.

« Belle dolente entre deux eaux,
disait le crabe usant de ruse,
Soyez la Muse des Tourteaux !
Je jouerai de la cornemuse
et vous deviendrez sur les flots
le château d'eau où l'on s'amuse ! »

Il offrait sa pince en cadeau.
« Pour te croire, dit la Méduse,
j'attendrai que tu sois manchot ! »

ANDRÉ LAUDE

Z

Un zébu qui avait
un cheveu sur la langue
remonte la grande rue
la grande rue de la liberté
répétant à qui veut l'entendre vingt fois

« z'ai bu champagne,
whisky, et vodka
et zé suis tout z'ému
et zé mal à l'estomac
foi de zébu foi de zébu
zé mal aussi au foie »

Pour le sauver on l'enferma
à Vincennes au Zoo
avec un grand baquet d'eau

CHRISTIAN POSLANIEC

Entrechat

Deux petits chats s'entrebâillaient
       épuisés
   en fin de journée,
   la moustache perplexe
   et la queue circonflexe.

   Ils avaient bien trop joué,
   l'œil aigu, la queue vive
   et la moustache grave
   à chat-vire-navire,
   chat-pelle-à-sable-roux,
   à cha-grain-d'amour-gris,
      chat-ris-va-ris
   et chat-mot-à-dos-doux.

Deux petits chatons s'endormaient
    rêvant de mots humains
    tressés à coups de griffes
    tricotés patte, tricotés main.

IV

Découverte des autres

Enfance

GABRIEL COUSIN

Comme les hirondelles

Le temps avait passé. La maison s'était assoupie.

Les filles étaient parties. Des gendres barbus étaient venus s'installer à notre table.

Et voici que l'heure de l'enfance sonne dans la maison.

À nouveau les chambres se recouvrent de linge blanc. Les langes encombrent les baignoires. Les placards s'entrouvrent libérant les cris et les rires que nous venions de ranger.

Dans la maison vieillissante, avec le printemps, les hirondelles sont revenues.

Rentrée des classes

Tous les deux habillés de neuf nous allons la main dans la main.

Sur les pavés du petit matin, l'eau du ruisseau brille et cela vaut la peine de mettre le pied dedans.

Nous regardons au loin et déjà nous sommes enfermés dans le cartable.

Nous avons vu les plus grands devenir
        un peu Gaulois
        un peu pluriel
        un peu Henri IV
        un peu débit de robinet
        un peu passé composé.

Un autre monde va s'ouvrir. Peut-être est-il plus transparent que l'eau du ruisseau et plus beau que les escaliers où les cris rebondissent.

ALICE CLUCHIER

Évasion

Joyeux l'enfant sort de l'école
La tête en vertiges de jeux,
Cheveux au vent, il caracole,
Ainsi font les poulains fougueux.

L'esprit délivré s'affriole
Oublie un langage savant,
Et le théorème s'envole
Comme un refrain s'en va sifflant.

Mieux vaut faire rouler l'agate
Gagner la bille, en acrobate ;
Le chemin vers l'étang descend,
Bouillonnent le cœur et le sang.

La leçon connaîtra l'instable…
Le livre dort dans le cartable.

Le petit monde des enfants

Le ciel enveloppe nos jeux ;
Nos cris sont ceux de l'hirondelle,
Un papillon nous rend heureux
Nos bras battent comme des ailes.

En nous le soleil resplendit.
Tous les instants sont des arômes.
Le sol reflète un paradis :
Celui de la fée et des gnomes.

Le frais encens venu des tiges,
Du sang végétal et des troncs,
Nous donne de joyeux vertiges,
Que les songes étoileront.

Nous sommes des rais de lumière
Pris à l'éclat de la beauté.
Notre regard reste fixé
Sur l'entrelacs de la chimère
Et le cristal des puretés.

JACQUES CHARPENTREAU

La désobéissante

Irma n'est pas toujours très sage :
Elle grimpe au cerisier rose,
L'arbre rougit de son passage ;
L'herbe où son pied léger se pose
Éclate de peinturlurages ;
Tout est blanc quand Irma explose.

Irma passe dans le salon :
La carpette est rayée de mauve,
Le poisson noir a des boutons,
La fenêtre des reflets fauves,
Mon visage est jaune citron
Et le chat orangé se sauve.

Elle a dû me prendre des prunes :
Celles qui restent, au dessert,
Deviennent bleues, une par une.
Tricolore est mon camembert.
Et quand Irma est dans la lune,
L'astre est rouge, avec des points verts.

Quand Irma descend sur la rampe,
L'escalier est violet d'horreur,

Fraise écrasée sont mes estampes,
Vert épinard mon vase à fleurs.
Ah ! Vivement qu'Irma décampe :
J'en vois de toutes les couleurs !

Progrès

En jouant à Don Quichotte
J'ai déchiré ma culotte.
Je chuchote, je chuchote.

Je ne tenais pas en place
J'ai cassé la grande glace.
À voix basse, oh, à voix basse.

En dansant la mazurka
J'ai glissé sur le verglas.
Je dis tout bas, dis tout bas.

À la pêche à la sardine
J'ai mis à l'eau ma cousine.
En sourdine et en sourdine.

Mais je sors la grande échelle
Je grimpe sur la tonnelle
Pour annoncer la nouvelle :

Je sais compter sur mes doigts
Jusqu'à dix. C'est une joie
À crier sur tous les toits.

MICHEL LUNEAU

Le miroir et la petite fille

Le miroir a plus de cent ans.
Sa peau de glace est tachetée
Comme le front ridé des vieilles
– Petite fille magique,
Dit le miroir,
Peux-tu me rendre ma jeunesse ?
– Excusez-moi, dit la petite fille,
Vous devez faire erreur.
Dans mon pays,
Ce sont les miroirs qui sont magiques.
Je ne peux rien pour votre jeunesse,
Mais j'aimerais bien devenir princesse.

CHARLES LE QUINTREC

L'enfant

L'enfant n'est pas un ange
Ce n'est pas un démon

Il se cogne aux étoiles
Sans se blesser le front

Roi des eaux sidérales
Il s'invente un royaume

Un royaume à cheval
Entre l'aurore et l'aube

Chaque jour son regard
Recommence le monde.

Mémoire

JEAN-CLAUDE RENARD

Un pinson sur une branche
raconte à qui sait l'entendre
comment même dans la cendre
peut fleurir une pervenche.

Il suffit qu'un doigt de fée
en touche l'ombre et l'enchante
pour que le bleu qu'elle invente
y fasse bonne flambée.

Mais qui croira cette histoire
qu'un chant d'oiseau désensable
si ni légende ni fable
n'habite plus la mémoire ?

MAURICE CARÊME

Le retour du roi

Casque de fer, jambe de bois,
Le roi revenait de la guerre.
Jambe de bois, casque de fer,
Il claudiquait, mais chantait clair
À la tête de ses soldats.

Soie de Nemours, velours de Troie,
La reine attendait sur la tour.
Velours de Troie, soie de Nemours,
La reine était rose de joie
Et riait doux comme le jour.

Souliers troués, fleur au chapeau,
On dansait ferme sur les quais.
Fleur au chapeau, souliers troués,
Le vent faisait claquer l'été
Sur les places comme un drapeau.

Fifres au clair, tambour battant,
Le roi marchait tout de travers.
Tambour battant, fifres au clair,
Il n'avait pas gagné la guerre,
Mais il en revenait vivant.

JEAN ORIZET

Un baobab

Un paisible et géant baobab.

C'était la dernière vision humaine
qu'emportaient les esclaves noirs de Gorée
avant d'entrer, presque à quatre pattes,
dans les réduits ouvrant directement sur
la mer, d'où ils partaient pour les Amériques.

Chaque fois que l'un d'eux mourait,
dans ses fers, à fond de cale, il poussait,
quelque part sur une savane d'Afrique,
un baobab.

Retenir la patience

Souviens-toi :
Chaque goutte enfonce la vie
pour que chaque brin d'herbe
retienne la patience.

GILBERT SAINT-PRÉ

Du temps de nos rois

Le roi de trèfle,
Le roi des nèfles,
S'offrit
À la dame de carreau.
Voyant cela
La dame de cœur, jalouse,
Donna une gifle
Au roi de pique
Qui la menait en bateau,
Et le château de cartes
S'écroula.

Travail des Hommes

— un chantier.

bou bou bou
bou bou bou
boum

dada da

sylvain.

CHARLES LE QUINTREC

Troupeaux

Tu conduis tes troupeaux
À l'ombre des pommiers
Le paradis perdu
Tu l'auras entrevu
Dans la fente d'un arbre
Où passait l'arc-en-ciel.

Silence
Bruit d'abeilles
On moissonne des fleurs

Il n'y a que l'été
Pour oser le bonheur

Verbe du vent
Et la noce prochaine

Tu conduis tes troupeaux
Le soir à la passée

Ils se sont endormis
Dans les plis de la nuit.

GABRIEL COUSIN

Barrage chinois

Ils sont 100 000 dans la chaleur, la poussière et la joie.

100 000 l'un derrière l'autre
100 000 l'un à côté de l'autre

Ils n'ont pas encore de machines. Ils ont leurs bras, leurs jambes et leur confiance.

Jour après jour, la fourmilière se réveille et bourdonnante transporte la terre.

Panier par panier la colline s'élève.

Jour après jour dans la rumeur des pioches, des appels, des chants, un des 1 000 barrages se construit.

Soudure électrique

Des couteaux bleus, verts, jaunes déchirent les verrières, blessent le regard et la nuit.

Casqué, gris, immobile, le soudeur écrit des lueurs avec d'énormes gants et des gestes précis.

Je sais qu'il est derrière, enfermé dans son travail.

Les éclairs silencieux noircissent la rue vide où persiste l'homme.

Signe pour le départ au travail

Dans la nuit
salut à ton sommeil
ma dormeuse ma fatiguée
ma femme

Salut à votre éveil
mes filles mon fils
Votre repos m'aide à me lever
vos rêves m'aident à me dresser

Et je vais travailler
pour être un homme
Pour vivre

Dans la nuit
mes lèvres et mes doigts
vous effleurent
votre souffle me caresse

JEAN ORIZET

Les vendangeuses

Je vous aimais, sous le masque de fatigue,
comme jamais,
vous, mes noyées matinales
mes vendangeuses de rosée ;

un geste à peine expliquait tout :
cette pâleur à l'horizon
l'authenticité des créneaux
et notre ouvrage mené à bien
avec la terre pour complice.

JEAN-DOMINIQUE BURTIN

le repos dérobé…

dans la brûlure des ronces
une rose s'écorche

peut-être bien le ciel
est-il fait de collines
où tu dors avec moi

et chaque heure s'agenouille
au côté du rythme long
des hommes

les nuages nocturnes
s'en vont à notre pas.

JEAN-CLAUDE BUSCH

Jacquard, tisserand lyonnais,
Fit autrefois un beau métier.
Tissant très tôt, tissant très tard,
Voici ce que tissa Jacquard :

> Le matin
> Du satin,
> Dans la nuit
> Du coutil
> Et le soir
> Du brocart ;
> Certains jours
> Du velours
> Et parfois
> De la soie ;
> Des voilettes
> Pour les fêtes
> Et souvent :

Du tartan pour le Kurdistan,
Du guingan pour l'Afghanistan,
Du gourgouran pour Perpignan,
Des caftans pour mahométans.

Les sentiments

KONSTANTY ILDEFONS GALCZYNSKI

Pourquoi le concombre
ne chante-t-il pas ?

Une question aussi osée
et qui nous frappe dès le titre,
pose un problème à ne pas négliger –
réfléchissons-y bien vite.

Si le concombre ne peut pas chanter,
et cela en aucune saison,
c'est que le ciel vient à s'y mêler –
il doit avoir ses raisons.

Mais si le pauvre veut chanter à tout prix,
Comme personne jusqu'ici ? Comme l'alouette !
Si au fond de son bocal, la nuit,
il verse des larmes vertes ?

Passent les hivers et passent les étés,
le soleil chasse la pluie sombre ;
et nous passons sans nous inquiéter
à côté de plus d'un concombre.

(Extrait de *Choix de poèmes polonais*,
par Zofia Bobowicz.)

JACQUES CHARPENTREAU

Le ciel de mon cœur

Le ciel est gris lorsque tu grondes :
Tombe la pluie, souffle le vent,
Et, dans un tourbillon, le monde
Se courbe et fuit en m'emportant
Au fond d'une forêt profonde
Où mon cœur souffre en attendant
Que s'apaise cet ouragan.

Le ciel est bleu quand ton sourire
Brille comme un jour de printemps.
Pas un nuage ne soupire,
L'aubépine a mis drapeau blanc.
Les oiseaux chantent pour te dire
Qu'aujourd'hui mon cœur est content :
Tu fais la pluie et le beau temps.

L'insouciance

Laisse les palais superbes,
Les maisons aux murs épais,
Viens te promener dans l'herbe
À l'orée de la forêt.
Nous chercherons des pervenches,
Je te prendrai dans mes bras
Et le vent nous bercera
Comme l'oiseau sur la branche.

Laisse toutes les richesses,
Bagues, colliers ou diamants,
N'emporte que ta tendresse,
Ta grâce et ton cœur aimant.
Entends l'amour qui s'épanche
En chant de joie vers les cieux,
Son refrain est mélodieux
Comme l'oiseau sur la branche.

Laisse les fêtes futiles
À l'éclat vite terni.
Préfère aux lampions des villes
Les étoiles de la nuit.
Chaque jour sera dimanche

Et le matin au réveil
Nous saluerons le soleil
Comme l'oiseau sur la branche.

Laisse le bruit de la gloire,
Le renom vite passé.
Que m'importent les mémoires ?
Si tu m'aimes, c'est assez.
Une seule ombre se penche,
Toi et moi un seul amour
Avant de partir un jour
Comme l'oiseau sur la branche.

JEAN ROUSSELOT

Le cœur trop petit

Quand je serai grand
Dit le petit vent
J'abattrai
La forêt
Et donnerai du bois
À tous ceux qui ont froid

Quand je serai grand
Dit le petit pain
Je nourrirai tous ceux
Qui ont le ventre creux

Là-dessus s'en vient
La petite pluie
Qui n'a l'air de rien
Abattre le vent
Détremper le pain
Et tout comme avant
Les pauvres ont froid
Les pauvres ont faim

Mais mon histoire
N'est pas à croire :

Si le pain manque et s'il fait froid sur terre
Ce n'est pas la faute à la pluie
Mais à l'homme, ce dromadaire :
Qu'a le cœur beaucoup trop petit.

JEAN RIVET

Le père

Oui, le petit garçon avait aimé regarder son père.

Ce père avait, comme tout le monde, parcouru des chemins, des collines ensoleillées et des villes, regardé la beauté des ronces, couvertes de mûres violettes, et des arbres fruitiers. Ce père avait, bien sûr, connu l'amour, le bonheur et beaucoup de souffrances.

Mais il avait accepté le rythme des saisons et de la vie, la ronde. Il savait qu'après les cris joyeux de la saison bleue, il y avait la saison mordorée de la nostalgie à laquelle succédait la saison blanche du silence et de l'oubli.

Le départ

Père, cette brève mais éternelle et inoubliable odeur de tilleul dans le vaisseau rose du soir. Le petit garçon s'en va, toi seul te retournes dans la rue ; il devient ce point qui tremble dans l'eau pure de tes yeux.

Fraternité

Le petit garçon aux yeux bleus avait une chevelure de blé. Le petit garçon aux yeux noirs avait une chevelure de nuit. Viens, dit le petit garçon aux yeux noirs, je ne t'en veux pas d'avoir la peau blanche.

(Villemomble-Le Tréport-La Ribeyre, 1979.)

La vie

Le petit garçon est embrassé par sa mère. C'est sa première rencontre avec l'amour. Il pleure, c'est sa première rencontre avec la vie. Une feuille d'automne tombe d'un arbre et le frôle, toute coloriée. C'est sa première rencontre avec la mort.

CHRISTIAN POSLANIEC

Ma collection

Tous les baisers
Qu'on m'a donnés
Toutes les bulles de tendresse
et tous mes colliers de caresses
j'en fais la collection…

Peut-être il poussera
Des forêts d'arbres à bises
Des buissons tendres de murmures
Un hérisson aux doigts très doux
Lorsque je sèmerai
Ma collection, en mai !

Tous les baisers
Qu'on m'a donnés
Toutes les bulles de tendresse
et tous mes colliers de caresses
Je les garde bien au doux
dans un beau coffret à bisous.

ALICE CLUCHIER

Maman !

Maman ! pourquoi te chercherais-je ?
N'es-tu pas tout mon horizon ?
L'arbre chanteur qui me protège ?
Le lierre, l'âme et la raison ?

Tu fus mon lait, ma pêche mûre,
La fleur vivante, au bleu du vent,
Le premier mot dans un murmure,
Mon appel et mon cri fervent.

Tu fus mes jeux, tu fus mes rondes,
Le rendez-vous de mes bonheurs,
Le bouclier d'impulsives frondes,
Le calice où tu bus mes pleurs.

Tu sais émerveiller mes songes,
Tisser le lin rose des jours
Mon plaisir, tes mains le prolongent
Tu m'enfantes, sans fin, dans le sang
                              [de l'amour.

GABRIEL COUSIN

Le clochard

C'était en pleine matinée sur la place de la Bastille. L'air vif colorait les joues des femmes qui marchaient nerveuses et légères comme le génie. La Seine souriait et le printemps faisait lever la tête.

Lui était là, sur la grille d'une bouche de métro, dans le sommeil impénétrable de la misère.

Les passants l'enjambaient et fonçaient vers leur travail, vers leur joie, vers leur détresse.

Le ciel piquait des pâquerettes dans les yeux des femmes.

CHARLES LE QUINTREC

Blessure

à Fabrice Ancel

Je n'ai pas vu ton visage
Je ne t'ai pas reconnu
Tu me dis que tu as mal
Tu me dis qu'on t'a battu
Pauvre enfant, dans chaque étoile
Commence un homme têtu.

Je n'ai pas vu ta blessure
Les ronces de tes orties
Tu me dis que tu en meurs
Tu me dis que tu as mal
Pauvre enfant, de ta douleur
Naît l'homme qui n'a pas ri.

Je n'ai pas vu dans tes yeux
Le rêve qui te délivre
Je ne sais rien, je ne veux
Qu'aider ce monde à sourire

Ce monde déjà trop vieux
Pour croire aux étoiles libres.

PIERRE FERRAN

Condiment

La Terre pèse cinq milliards neuf cent
quatre-vingt-deux millions quatre-vingt-
douze mille sept cent dix trillions de tonnes
dont quatre cent quarante milliards
de livres de chair humaine…

    … et trois décigrammes d'amour.

Postface

« L'enfant et la poésie »

Conseils aux enseignants
par Monique Cazeaubon

1. Les instructions officielles 232
2. Notes pour l'enseignant 234
3. Des méthodes à appliquer en classe 237

1. LES INSTRUCTIONS OFFICIELLES

Se familiariser avec le français écrit

Dès quatre ans, quelquefois avant, la plupart des enfants sont attentifs aux écrits qui les entourent.

En maternelle, on peut demander à un enfant ou à un groupe d'enfants de dicter au maître le texte que l'on souhaite rédiger dans le contexte précis d'un projet d'écriture.

Les lectures entendues participent largement à la construction d'une première culture de la langue écrite…

Se construire une première culture littéraire

Prendre conscience des réalités sonores de la langue.

On sait que la poésie joue avec les constituants formels, rythmes et sonorités, autant qu'avec les significations. C'est par cette voie que l'on peut introduire les jeunes enfants à une relation nouvelle au langage : comptines, jeux chantés, chansons, poésies, « vire langues » sont autant d'occasions d'attirer l'attention sur les unités distinctives de la langue.

La sensibilité, l'imagination, la création

Écrire des textes.
Production avec l'aide de l'enseignant, de textes courts comportant des contraintes variées.

Une intelligence sensible.
Sous le nom d'éducation artistique, le programme permet d'aborder deux grands champs, les arts visuels et la musique, complétés par le théâtre et la poésie (en liaison avec le programme de littérature) et la danse.

Objectifs

Avec les œuvres poétiques et théâtrales, les élèves, guidés par leur enseignante ou leur enseignant, prolongent l'interprétation en cherchant à la transmettre au public de leurs camarades ou à un public plus large. En liaison avec des activités artistiques (musique, arts visuels, danse) ou dans le cadre d'un projet, ils élaborent la mise en voix et la mise en scène des textes.

L'univers de cette littérature se découvre aussi,

dès l'école primaire, par la pratique de l'écriture. Cette expérience, plus exigeante, permet à l'élève de commencer à prendre conscience des spécificités du monde des fictions.

2. NOTES POUR L'ENSEIGNANT

- Du pouvoir de la poésie
- Psychothérapie
- Développer la créativité
- Entrouvrir une porte vers l'inconnu
- Cette émotion appelée poésie

Du pouvoir de la poésie

La poésie est une évasion, une consolation, un apaisement. L'enfant aime parler pour parler, il découvre très jeune la magie et le pouvoir des mots : « Parler pour parler, c'est la formule de délivrance », dit Novalis.

Mais il serait bien idéaliste de penser que les enfants sont naturellement poètes. Il s'agit donc de développer les facultés créatrices et l'imagination des élèves, de leur donner le pouvoir d'exprimer ce qu'ils ressentent, ce qu'ils aiment ou détestent, et ainsi leur fournir un moyen de s'approprier une petite partie du monde.

Psychothérapie

La poésie est un moyen de découverte intérieure, c'est prendre quelque chose hors de nous qui nous fera rentrer en nous avec une richesse nouvelle. C'est une prise de possession du monde par l'âme et par le cœur. Les enfants ont des désirs, des volontés, des espoirs, des sensations, des sentiments, des avis, des pensées et des rêves. Il faut leur donner les moyens de s'exprimer librement, de cultiver la fantaisie et l'imaginaire. La création poétique peut devenir une voie d'exploration du réel, un moyen de rencontre avec soi-même et avec les autres.

Attention, l'écriture représente pour certains enfants la voie vers une sorte d'auto-psychanalyse sauvage. Sous des formes directes, allégoriques ou métaphoriques, il arrive que l'enfant se dévoile complètement. Il peut le faire par l'intermédiaire d'un poème. L'enseignant doit se garder de toute interprétation hâtive.

Développer la créativité

Il faudra persuader les élèves du fait qu'ils sont tous capables : en débloquant les inhibitions, en les encourageant à sortir du modèle stéréotypé afin qu'ils trouvent un mode d'expression personnel pour afficher leurs différences.

Écrire est un pouvoir mais attention ce n'est pas un jeu. Le recueillement réel et fécond est le don premier qui est fait au poète mais la langue est un matériau qui résiste.

L'élément indispensable à la poésie est la matière verbale. Avant de lancer les enfants dans l'écriture poétique, il est important de faire de nombreux exercices dans le but d'enrichir leur champ lexico-sémantique.

Entrouvrir une porte vers l'inconnu

Une autre recommandation est de ne pas lire ou proposer aux élèves des textes qui pourraient les choquer, pas de sexe, pas de violence, pas de racisme.

En revanche, sans en abuser bien sûr, par expérience, j'ai vérifié qu'il est possible et même enrichissant de lire, je dis bien lire, aux élèves des textes de syntaxe et de vocabulaire un peu plus difficiles que ceux qui sont considérés comme étant de « leur niveau ». Par l'expression de la lecture, par le rythme du poème, par la richesse des images, les élèves pourront apprécier l'œuvre même s'ils n'en comprennent pas tous les mots, ni tout le sens, il faut faire confiance à leur intuition poétique.

« Cette émotion appelée poésie » Reverdy

L'enseignant curieux, qui n'aurait pas encore eu « le coup de foudre » pour la poésie, s'apercevra vite que la poésie française et étrangère (choisir de préférence une traduction faite par un poète) contemporaine ou non est une source inépuisable de découvertes et d'émotions.

Car selon Reverdy : « Le but de l'art est de délivrer l'homme de ses souffrances, de lui donner une clef de sortie en le soulevant du plan réel lourdement quotidien, jusqu'au libre plan esthétique où l'artiste se hisse lui-même pour vivre et pour respirer. »

3. DES MÉTHODES À APPLIQUER EN CLASSE

L'enfant, être à part entière avec ses désirs, ses peurs, ses rêves peut trouver dans la poésie une porte ouverte sur un monde de liberté et d'émotion.

Reverdy écrit que la poésie est «l'étrange pouvoir des mots qui disent des choses invraisemblables, improbables qui frappent l'être intérieur du jeune lecteur».

Maternelle, dès la première année

La lecture de poésies pendant les moments calmes sensibilisera les enfants dès le plus jeune âge au rythme, à la sonorité des mots et à la richesse des images.

Tous les systèmes d'assonances pourront être explorés (rimes en fin de mot dans les poésies et les chansons, assonances en… début de mot), des jeux consisteront à trouver des mots rimant avec un autre, à prolonger des structures poétiques simples, à transformer des mots en jouant sur des substitutions de syllabes, sur l'introduction de syllabes supplémentaires…, etc.

Élémentaire

Travail oral

Développer la curiosité et le goût pour la poésie.
Comprendre en le lisant silencieusement un texte poétique, en classe et à l'extérieur.
Faire prendre conscience de la diversité de l'inspiration poétique et de la variété des structures.
Lecture à haute voix (du maître et des élèves).
Participer à un débat sur l'interprétation d'un texte littéraire (compréhension explicite et implicite).
Donner son avis et le justifier.

Travail sur la technique de lecture (groupes de souffle, liaisons, alternances entre séries de mots courts et longs…).
Dire les textes d'auteur ou les siens en variant les interprétations, les mettre en scène, les dire à plusieurs. Mémoriser des poèmes (chaque élève peut choisir les textes qu'il préfère).
Dire un de ces textes en proposant une interprétation (et en étant si possible capable d'expliciter cette dernière). Lire, dire ou chanter des textes face à des auditoires variés.
Travail sur l'expérimentation active de la voix et de ses effets (pauses, rythmes, inflexions, intonations, intensité…). Mettre sa voix et son corps

en jeu dans un travail collectif portant sur un texte poétique.

Travail sur l'articulation entre l'effort de compréhension et celui de diction.

Bain de poésie

Inviter un auteur dans la classe, demander aux élèves de préparer leurs questions après avoir lu quelques-uns de ses poèmes, suite à cette rencontre, possibilité, si l'auteur l'accepte, de garder des contacts.

La lecture de poèmes ne doit pas être réservée uniquement aux horaires stricts de l'enseignement du français mais peut s'intégrer à tout moment de la journée.

D'ailleurs et de ce fait même, il n'est pas toujours nécessaire d'expliquer les poèmes, on peut se contenter de les faire entendre et de laisser l'élève apprécier seul le sens, les images, le rythme et la musique.

Encourager les élèves à découvrir les textes poétiques de la bibliothèque de la classe, de l'école, de la bibliothèque municipale, chez les libraires et éventuellement dans la famille elle-même. Leur suggérer de se faire offrir de petites anthologies comme cadeaux.

Afficher dans la classe, en respectant le choix

des élèves, de courts poèmes ou des extraits, faire copier des poèmes courts dans un classeur propre à l'élève, il pourra augmenter son trésor de ses poèmes préférés (éventuellement photocopiés par l'instituteur) et des illustrations pourront agrémenter le tout.

Travail écrit

La poésie : point de départ des activités d'écriture.

Travail sur le texte : aider l'élève à comprendre la démarche d'un auteur, à apprécier son originalité, à rechercher des mots essentiels, réfléchir, s'interroger.

Entraînement
Écrire un fragment de texte de type poétique en obéissant à une ou plusieurs règles précises en référence à des textes poétiques lus et dits : anticiper la suite d'un poème, écrire « à la manière de », parodier, restituer, transformer, répondre, prolonger, écrire en opposition au thème original… Observation des différentes présentations des poésies.

Il s'agit de combiner invention et contraintes d'écriture.

Matériau

Faire découvrir par des exercices d'observation et de recherche, à partir de textes de toute nature, la richesse et l'amplitude des mots, les classer, les disséquer, les peser, essayer de prendre la mesure de leur sens affectif ou symbolique, de sentir l'infinité des possibles dans leur combinaison.

Ayant pris conscience de la richesse du matériau, donner aux élèves un fonds de vocabulaire (mots et expressions collectés par thème) avant de les lancer dans des exercices de création.

Tous ces exercices ayant pour but de développer leur vivacité intellectuelle et leur confiance, de les motiver et de débrider leur imagination.

Production

Travail de création : pour éviter les inhibitions, il sera bon de commencer toute tentative d'écriture par un travail collectif, études d'un panel de textes trouvés dans les ouvrages mis à la disposition des élèves, rassemblement d'idées, d'impressions personnelles et de vocabulaire sur le sujet.

Il s'agit d'éveiller des émotions particulières, une façon de sentir, un mode de penser.

Avant de passer aux essais de création proprement dits, bien rappeler aux élèves qu'une grande œuvre poétique reste une chose rare et mystérieuse. « L'esprit du poète est une véritable fabrique d'images. » (Reverdy.)

Conclusion

Souhaitons que la raide et fastidieuse séance de récitation soit définitivement abandonnée au profit de la découverte de la poésie, véritable plaisir esthétique, toujours enrichissant.

« J'ai tendu des cordes de clocher à clocher ; des guirlandes de fenêtre à fenêtre ; des chaînes d'étoile à étoile, et je danse. »

Arthur RIMBAUD *(Illuminations)*

TABLE

Introduction 7

1. DÉCOUVERTE DU POUVOIR DES MOTS

Fantaisies

Chanson du possible, Jean ROUSSELOT 17
Les cailloux font ce qu'ils peuvent, Jean ROUSSELOT 18
Suppositions, Jacques CHARPENTREAU 19
La chance, Jacques CHARPENTREAU 20

Jeux de mots

Tablier de sable, Paul VINCENSINI 25
Le pierrot, Robert GELIS 26
Joue-je?, Robert GELIS 27
Qui sait pourquoi, Jean-Claude RENARD 28

La richesse des mots

Vert exclusif, Madeleine LE FLOCH	31
Les mots, Jean RIVET	32
Il y a des façons de dire, Jacques CHARPENTREAU	33
J'ai toute une maison de mots, Christian DA SILVA	34
Une algue a poussé dans le pré, Christian DA SILVA	35
Voyelle, Jean-Dominique BURTIN	36

Rêves

La promesse, Jacques CHARPENTREAU	39
La lune, Jean-Dominique BURTIN	41
Viens courir avec mon poème, Christian DA SILVA	42
Un pinson sur une branche, Jean-Claude RENARD	43
Vert de lune, Madeleine LE FLOCH	44
Le rêve, Jean RIVET	46
L'eau dormante, Jean ORIZET	47

Évasion

Parfois, j'invite un pays lointain, Christian DA SILVA	51
J'aurai peut-être, Christian DA SILVA	52
Liberté, Maurice CARÊME	53
La tour Eiffel, Maurice CARÊME	54
Le dauphin, Maurice CARÊME	55
L'horloge, Maurice CARÊME	56
Liberté, Robert GELIS	58
Ailleurs, Jean RIVET	59
Le vieux cheval, Jean RIVET	60
La maison-océan, Christian POSLANIEC	61
partir, Jean-Dominique BURTIN	62

II. Découverte de la nature

Notre Terre

Un poème pour la terre, Christian DA SILVA . .	67
Ah ! que la terre est belle, Pierre MENANTEAU . .	68
Sur la chapelle du château, Charles LE QUINTREC	69

Le cosmos

L'attente du soleil, Michel LUNEAU	73
Au petit jour, Jean-Dominique BURTIN	75
Écoute, Robert GELIS	76
La nuit, Charles LE QUINTREC	77
Le vent du soir, Charles LE QUINTREC	78
L'enfant du jour, Pierre MENANTEAU	79
Coup de lune, NORGE	80
L'ordre et l'ombre, Jean ORIZET	82

Le temps et les saisons

Le parapluie, LEDA MILEVA	85
Reflets, Jean ORIZET	87
Le vent, Kasimiera ILLAKOWICZOWNA	88
Quatuor impossible, Robert GELIS	89

Printemps

Pluie printanière, Alice CLUCHIER	93
L'espiègle vent, Leda MILEVA	94
La première fleur de l'amandier, Pierre MENANTEAU	96
Le printemps, Kasimiera ILLAKOWICZOWNA . . .	97

Été

Le roi des moucherons, Jean ORIZET 101
L'été se démode, Christian DA SILVA 102

Automne

Une hirondelle en automne, Michel LUNEAU . . . 105
Timide Octobre, Jean ORIZET 106
Novembre oublie ses grappes, Jean ORIZET . . . 108
Octobre, Christian DA SILVA 109
Ce vol de feuilles, Jacques CANUT 110

Hiver

Autrefois, Charles LE QUINTREC 113
L'or sous le givre, Jean ORIZET 114
Haute ponctuation du silence, Jean ORIZET 115
Chant des derniers flocons de neige, Gabriel
    COUSIN 116

Fleurs et légumes

Une nouvelle fleur, Jean ROUSSELOT 119
Les perles de rose, Gilbert SAINT-PRÉ 120
La plus belle, NORGE 121
Fleur d'acacia, Kasimiera ILLAKOWICZOWNA . . . 122
Vertige, Madeleine LE FLOCH 123
La salade, Charles DOBZYNSKI 124
La tomate, Charles DOBZYNSKI 125

Les arbres

Ces arbres, Paul VINCENSINI 129
Mon arbre à moi, Christian POSLANIEC 130
Le vert de la forêt, Charles LE QUINTREC 131
La parole est aux arbres, Christian DA SILVA . . 132
Forêt d'Eu, Jean RIVET 133
L'arbre, Gabriel COUSIN 134

La mer

Le chant, Charles LE QUINTREC 137
Tempête, Charles LE QUINTREC 138
L'algue, Christian DA SILVA 139
La nuit, nous ne savons plus, Christian DA SILVA 141
Écoute…, Jean-Dominique BURTIN 142
Les galets, Jean ORIZET 143
Galets, Jean ORIZET 144
Vert bouteille, Madeleine LE FLOCH 145

III. LES ANIMAUX

Les oiseaux

La boîte aux lettres, Pierre MENANTEAU 151
Pintades, Pierre MENANTEAU 152
Mouettes, Christian DA SILVA 153
Les oiseaux bavards, Jean ORIZET 154
Les oiseaux et les enfants, Luc BÉRIMONT 155
Je dirai que l'hirondelle, Luc BÉRIMONT 157
Ablutions, Michel LUNEAU 158
À vol d'oiseau, Michel LUNEAU 159

La pompe et les mésanges, Michel LUNEAU	160
Dans l'abricotier, Jean-Dominique BURTIN	161
Oiseau vert, Madeleine LE FLOCH	162

D'autres animaux

Petites vies, Maurice CARÊME	165
Les flamants, Maurice CARÊME	166
La panthère, Maurice CARÊME	167
Bzzzzzz…, Robert GELIS	168
Un peu d'astuce, Jean ROUSSELOT	169
La vérité, enfin, sur la chèvre de Monsieur Seguin, Jean ROUSSELOT	170
Un asticot farouche, NORGE	172
Le lapin pauvre, Pierre BÉARN	173
Ces messieurs chats, Pierre BÉARN	175
Les araignées et les dictons, Pierre BÉARN	176
Une gazelle du Hoggar, Pierre BÉARN	177
Le crabe amoureux, Pierre BÉARN	178
Z, André LAUDE	179
Entrechat, Christian POSLANIEC	180

IV. DÉCOUVERTE DES AUTRES

Enfance

Comme les hirondelles, Gabriel COUSIN	185
Rentrée des classes, Gabriel COUSIN	186
Évasion, Alice CLUCHIER	187
Le petit monde des enfants, Alice CLUCHIER	188
La désobéissante, Jacques CHARPENTREAU	189
Progrès, Jacques CHARPENTREAU	191

Le miroir et la petite fille, Michel LUNEAU 192
L'enfant, Charles LE QUINTREC 193

Mémoire

Un pinson sur une branche, Jean-Claude RENARD 197
Le retour du roi, Maurice CARÊME 198
Un baobab, Jean ORIZET 199
Retenir la patience, Jean ORIZET 200
Du temps de nos rois, Gilbert SAINT-PRÉ 201

Travail des Hommes

Troupeaux, Charles LE QUINTREC 205
Barrage chinois, Gabriel COUSIN 206
Soudure électrique, Gabriel COUSIN 207
Signe pour le départ au travail, Gabriel COUSIN . 208
Les vendangeuses, Jean ORIZET 209
Le repos dérobé..., Jean-Dominique BURTIN ... 210
Jacquard, tisserand lyonnais, Jean-Claude BUSCH 211

Les sentiments

Pourquoi le concombre ne chante-t-il pas ?, Konstanty Ildefons GALCZYNSKI 215
Le ciel de mon cœur, Jacques CHARPENTREAU .. 216
L'insouciance, Jacques CHARPENTREAU 217
Le cœur trop petit, Jean ROUSSELOT 219
Le père, Jean RIVET 221
Le départ, Jean RIVET 222
Fraternité, Jean RIVET 223
La vie, Jean RIVET 224
Ma collection, Christian POSLANIEC 225

Maman !, Alice Cluchier	226
Le clochard, Gabriel Cousin	227
Blessure, Charles Le Quintrec	228
Condiment, Pierre Ferran	229
Postface : « L'enfant et la poésie », par Monique Cazeaubon	231

Du même auteur au Cherche Midi :

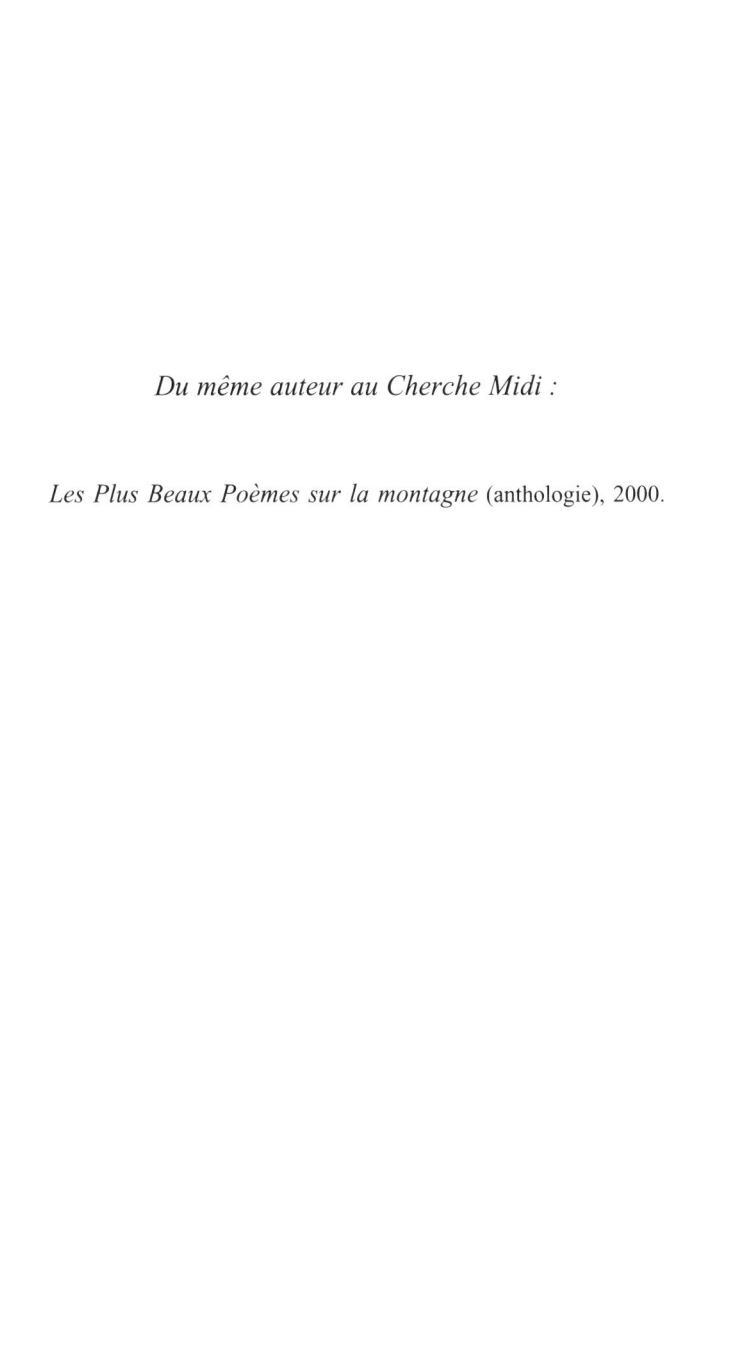

Les Plus Beaux Poèmes sur la montagne (anthologie), 2000.